Albert Heising

Die Deutschen in Australien

Anatiposi

Albert Heising

Die Deutschen in Australien

Unveränderter Nachdruck der Originalausgabe von 1853.

1. Auflage 2023 | ISBN: 978-3-38205-316-1

Anatiposi Verlag ist ein Imprint der Outlook Verlagsgesellschaft mbH.

Verlag: Outlook Verlag GmbH, Zeilweg 44, 60439 Frankfurt, Deutschland
Vertretungsberechtigt: E. Roepke, Zeilweg 44, 60439 Frankfurt, Deutschland
Druck: Books on Demand GmbH, In de Tarpen 42, 22848 Norderstedt, Deutschland

Die

Deutschen in Australien.

Von

Dr. Albert Heising.

Berlin 1853.

Verlag von Justus Albert Wohlgemuth,

Ober-Wallstraße No. 5.

Von verschiedenen Seiten öffentlich wie privatim aufgefordert, einen freien Vortrag über die Deutschen in Australien, gehalten am 3. Dezember 1851 in der öffentlichen Sitzung des Berliner Vereins für die Auswanderungs- und Colonisations-Angelegenheit, auch durch den Druck bekannt zu machen, habe ich denselben nachträglich niedergeschrieben. Eine Reise durch England und Frankreich ist der Grund, weßhalb derselbe erst jetzt den Vereinsmitgliedern zukommt.

Bei dem großen Interesse, welches die neuentdeckten Goldlager Australiens in Europa erregen, werden die nachfolgenden Blätter auch über den Verein hinaus in Deutschland wohl einer Beachtung werth sein.

Berlin, Juli 1852.

Der Verfasser.

John Hindmarsh Esqr.

Middle Temple

zur freundlichen Erinnerung

gewidmet

vom

Verfasser.

Seitdem Cimbern und Teutonen die Römerwelt in Schrecken setzten, ist die Geschichte der Völker im nördlichen Mittel-Europa, d. h. der germanischen Volksstämme, ununterbrochen von größeren oder minder umfangreichen Wanderungen begleitet. Unter ihren Schlägen fiel das morsche Gebäude der alten Welt in Trümmer, und sie waren es, welche durch das ganze westliche und südliche Europa die germanischen Fundamente einer gesellschaftlichen Ordnung legten, die hier durch einen Zeitraum von einem anderthalb Jahrtausend als die unwandelbaren Prinzipien einer jeglichen staatlichen Ordnung erschienen, selbst heute noch nicht aus der socialen Ordnung der Dinge geschieden werden konnten. Wie die entsendeten Söhne des sächsischen Stammes nach den Inseln der alten Bretonen germanisches Wesen ungetrübt verpflanzten und bis heute erhielten, so waren es dieselben sächsischen Völker, welche die slawischen Länder im Osten ihrer alten Wohnsitze der Barbarei entrissen, gerade jene Länder, wo heute die vorzüglichsten Sitze reinster germanischen Bildung sind; durch die Kraft des Schwertes und die Künste des Friedens verbreiteten sie hier deutsches Wesen an die Ufer des Niemen und hinauf bis an die Wälder von Finnland. Deutscher Fleiß drang in die Marschen der untern Donau, in die Pußten der magyarischen Ebenen, in die Schluchten der transsylvanischen Carpathen, selbst auf den Boden von Hellas und in die Steppen des Dnieper und Don, überall die Keime einer fruchtbringenden Intelligenz mit sich bringend, und die Crystallisations-Punkte einer unfehlbar ringsum sich ausbreitenden höhern Cultur bildend. Als die große That des Columbus der europäischen Gesittung einen ganzen Welttheil, mehr als viermal so groß als unsere continentale Halbinsel, zur neuen Werkstatt übergeben, haben neben den Anglo-Sachsen der brittischen Inseln auch die Deutschen in den heimathlichen Sitzen einen wesentlichen Antheil an der Lösung der Aufgabe, das glorreiche Werk des Genuesen zu einem

1 *

in der Geschichte der Menschheit unberechenbar bedeutungsvollen Akte zu erheben. Neben den sächsischen Stammesgenossen haben Millionen Deutsche kräftig an dem Riesen bauen helfen, welcher sich von Jahr zu Jahr gewaltiger jenseits des atlantischen Oceans erhebt, und in der neuesten Zeit haben Deutsche rings um den Küstensaum der südlichen Hälfte der neuen Welt die wichtigsten Anfangspunkte spezifisch germanischer Colonisation gelegt. Wie können wir uns wundern, wenn unsere Mitbürger von den lebhaften Zügen, welche sich seit den letzt verflossenen Dezennien der südlichen Hemisphäre, vor allen dem australischen Festlande und seinen Inseln zuwandten, nicht unberührt geblieben sind? Nach denselben Ländern, die während eines Zeitraumes von **200** Jahren nach ihrer Auffindung vermöge ihrer vermeintlichen Rauheit und Unwirthbarkeit in ihrer allgemeinen Bedeutung kaum zur Höhe einer geographischen Bezeichnung gebracht wurden, dann nur durch die entsetzlichen Bilder ihrer kannibalischen Urbewohner die Phantasie der Jugend erhitzten, und zuletzt unter der allgemeinen Bezeichnung „Botany-Bay" als die abschreckende und unheimliche Pflanzstätte des Auswurfs europäischer Abkömmlinge, als der Sammelplatz äußerster moralischer Verworfenheit selbst die Seele des Denkers mit heimlichem Grauen erfüllten. Es wird heute von mannigfachem Interesse sein, einen Ueberblick über diese, nach der Südsee verschlagenen deutschen Landsleute in ihren verschiedenartigen neuen Verhältnissen der jüngstbegründeten Heimath zu gewinnen; es wird für den Deutschen von ethnographischem, von nationalem Interesse sein, zu verfolgen, wie sich das spezifisch deutsche Element in der Südsee als solches, dann hinsichtlich der den Continent von Australien beherrschenden anglo-sächsischen Bewohner, wie in seinen Beziehungen zum Mutterlande, wie im Vergleich zu unsern Landsleuten in Nord- und Südamerika gestaltete, ferner aber und namentlich, ob nach den vorhandenen Erfahrungen unsern Mitbürgern noch für die Zukunft eine Wanderung nach den australischen Ländern im persönlichen Interesse der Colonisten einerseits, und im nationalen Interesse des Heimathlandes andererseits befürwortet werden kann. Ein solcher allgemeiner Maaßstab wird aber um so wichtiger sein, als ein fortwährendes Schwanken der öffentlichen Meinung stattfand, und mit ihr der Ruf der australischen Ländern innerhalb der letzten vier Dezennien von Extrem zu Extrem gestiegen und gefallen ist.

Die großen Opfer der ersten Colonisation schreckten im Verein mit der Furcht vor einem gemeinsamen, systematischen Sammelplatz aller Verbrechen in den ersten Dezennien allgemein von dem obendrein als trostlos und unwirthbar bezeichneten Lande zurück. Zu großem Befremden mußte man aber mit dem Beginn der zwanziger Jahre wahrnehmen, daß man ein Straffystem geschaffen, welches zur Sühne schwerster Verbrechen den Missethätern selbst unter den relativ ungünstigsten Verhältnissen Reichthum und Wohlleben statt Armuth und Elend gab, und aus eigenem Antriebe richtete sich der Unternehmungsgeist diesen Ländern zu, Capitalien und Colonisten strömten theils in die Wohnsitze der Deportirten, theils gründeten sie neue Colonien, um in rascher Ausbeute die geträumten Schätze zu heben. Die Täuschung fehlte den Illusionen nicht, das Verderben, welches folgte, war nicht selten ohne allen Vergleich zur Kühnheit des Unternehmens — und für das nächste Lustrum war Australien in allgemeinem Verruf. Als dann eine kleine Zahl intelligenter Männer (Wakefield) die Grundwurzel alles Uebels nicht in der Mittellosigkeit des Landes, vielmehr in dem gänzlichen Mangel jedes Systems im Colonisiren erkannt zu haben glaubte, wurde die Aufmerksamkeit abermals den verlassenen Inseln der Südsee zugewandt, nur suchte man jetzt nach gesunden Prinzipien methodisch zu erreichen, was man früher auf das Geradewohl zu erhaschen strebte. Von Anfang der dreißiger Jahre bis zum Anfang des vorigen Jahrzehnts schienen ungeheure Capitalien aus allen Ländern kein günstigeres Feld zu finden, als die alten wie neu gegründeten australischen Colonien, und die Colonisten nirgends leichter zu großem Reichthum zu gelangen, als eben dort. Abermals trat eine Rückwirkung ein, dieses Mal heftiger denn jemals. Die Spekulation hatte alle Grenzen des Maaßes überschritten, die natürliche Reaktion, welche jedem Schwindel auf dem Fuße zu folgen pflegt, wurde durch kaum erklärliche Mißgriffe der Verwaltung und durch eine wiederholte Dürre in ihrer Furchtbarkeit gesteigert, so daß die einzige Colonie von Neu-Süd-Wales bei der damaligen Bevölkerung von 160,000 Seelen in 18 Monaten Bankerotte von der unerhörten Höhe von 25,000,000 Thalern zu erleiden hatte. Kaum aber schien diese Katastrophe der Vergangenheit an zu gehören, als neue Entdeckungen unter und über der Erde zum dritten Male die Unternehmungslust in Europa reizten, und jetzt wurde auch Deutschland mehr als früher in die Agitation hineingezogen. Die früher bereits begonnene Einwanderung begann von Neuem und steigerte sich fortwährend, bis sie im Jahre **1849** den Höhenpunkt erreichte, die phantastischen Träume vieler Eingewanderten aber sich getäuscht sahen und zum vierten Male die öffentliche Meinung sich gegen die australischen Colonien erklärte.

So eben schien nun die allgemeine Abneigung gegen dieselben Wurzel fassen zu wollen, als abermals die Sinne der australischen und europäischen Bevölkerung durch die Kunde unerhörter Goldschätze Neu-Hollands verwirrt werden, wo ein neues Golkonda anfangs in den blauen Bergen, dann bald in den Pyrenäen, den Victoria- und Grampian-Gebirgen sogar das Eldorado am Sakramento hinter sich zurückläßt. Die ungeheure Wanderung, welche sich augenblicklich auf den brittischen Inseln vorbereitet, wird wahrscheinlich abermals nicht ohne Rückwirkung auf Deutschland sein, vielleicht wird dann abermals ein Rückschlag eintreten, wie er bisjetzt in regelmäßigen Zwischenräumen nicht ausblieb. Die Zukunft muß uns lehren, ob jetzt die überspannten Hoffnungen, welche früher großen Theils Enttäuschungen mit sich bringen sollten, durch den Goldsand eine größere Berechtigung in den australischen Ansiedlungen erlangt haben; aber der frühere beständige, rasch aufeinander folgende Widerspruch von Gunst und Ungunst, eine Abspiegelung der unaufhörlichen großen wie kleinen Contraste, welche dem Charakter der gesammten australischen Welt in allen Reichen der Natur so hervorstechend aufgeprägt sind, muß zur besondern Vorsicht und besondern Ausdauer auffordern. Die vielfach verschieden gestalteten Geschicke unserer Landsleute in der südlichen Hemisphäre mögen außerdem als ein wohlgemeinter Mahnruf gelten, den Entschluß des Auswanderns nur nach kältester und allseitig erwägter Berechnung der persönlichen wie allgemeinen Verhältnisse zur Ausführung zu bringen.

Dem Verfasser wurde wiederholte Gelegenheit zu Theil, die australischen Colonien zum Gegenstande einer besondern Besprechung zu machen, manche ungünstige Ansicht über dieselben zu bestätigen, aber deßungeachtet auf das evidenteste dar zu legen, wie dieselben, mit Ausnahme von West-Australien, in rascher fortschreitender Entwickelung sich befinden. Er hatte Gelegenheit dar zu legen, wie dieser Aufschwung bei der früheren Colonial-Politik Englands, welche, aller gesunden Vernunft baar, für das Mutterland resultatlos, für Capitalisten und Arbeiter gleich verderblich, ohne es zu wollen, jede

Entwickelung systematisch hemmte, völlig unmöglich war; wie alle diese Uebel eines prinzipienlosen oligarchischen Unwesens in West-Australien den höchsten Höhenpunkt erreichten, aber aus den Trümmern dieser Colonie ein Saamenkorn emporwuchs, das herrlich sich entwickelte und zu einem die gesammten Colonien Großbrittanniens beschattenden, tausendfältige Blüthe tragenden Baume sich entfaltete, das Colonisations-System Wakefields *), welches die jetzige liberale wie national-ökonomisch so sehr vervollkommnete Colonial-Politik Großbrittanniens im Allgemeinen vorzeichnete. Die Grundsätze, welche Wakefield mit der Leichtigkeit und Geistesschärfe eines Genies in seinem berühmten „Briefe von Sydney" in kurzen Umrissen niederwarf, hatte er später in einem größeren Werke: „England und Amerika, oder ein Vergleich des politischen und socialen Zustandes beider" ausführlicher dargelegt, hier mit seltener Klarheit die entferntesten Ursachen des Siechthums der brittischen Besitzungen gegenüber den nordamerikanischen Freistaaten offengelegt, und aus der Analyse der Ursachen des Uebels synthetisch die Mittel gewonnen, mit denen eine bessere Periode der englischen Colonien an zu bahnen sei. Er zeigte zugleich dem Mutterlande den Weg, wie man die entferntesten, unermeßlichen Besitzungen desselben für die Colonisation gewinnen könne, ohne von dem Staatsschatze die Opfer zu fordern, welche die frühern Colonisationen ohne Ausnahme dem Mutterlande gekostet hatten. Die Darlegung seiner Ansichten war zu klar, die Mißstände in der Colonial-Verwaltung waren zu einleuchtend, seine neue Methode, zu colonisiren, war zu verlockend, als daß selbst der bedächtige englische Charakter nicht von ihm bestochen werden sollte; selbst das Parlament war bald bereit, die neuen Ansichten gesetzlich zu sanktioniren, sobald durch die Praxis die Wahrheit der Theorie bestätigt sei. Es bedurfte also zunächst eines Versuches des Systems, und das Parlament nahm keinen Anstand, den Männern, welche diese neuen Grundsätze zu adoptiren gedachten, in dem Parlaments-Beschluß vom August 1834 ein Territorium von 14,800 geographischen □ Meilen in der jetzigen Provinz von Süd-Australien als ein Feld für ihre fast dilettantischen Versuche unter Gewährung umfangreicher Privilegien zu überweisen. Der jetzige Stand der Dinge in dieser seit 1837

---

*) Siehe u. A.: Süd-Australien. Vortrag, gehalten im wissenschaftlichen Verein zu Berlin von Dr. A. Heising. 1852. J. A. Wohlgemuth.

thatſächlich coloniſirten Provinz iſt, ungeachtet die großen Projekte der Gründer Süd-Auſtraliens vermöge der ſterilen Beſchaffenheit des größten Theiles des obigen Flächenraumes ſich nicht realiſirten, doch in den einzelnen Oaſen, wie der von Adelaide, namentlich in Hin-blick auf die langſamen Fortſchritte der frühern auſtraliſchen Colo-nien, ſo überraſchend geſtiegen, daß Süd-Auſtralien, das erſte prak-tiſche Experiment auf dieſe a priori aufgebauten Grundſätze, der Keil wurde, welcher ſchon 1842 durch mehrere Geſetze Seitens des Parla-ments das frühere Unweſen vollends ſprengte, und jene Colonial-Politik an die Hand gab, wie ſie jetzt zum Segen des Mutterlandes und der Colonien, ſofern überhaupt die Intereſſen beider zu ver-einigen ſind, befolgt wird.

Wakefield hatte zunächſt ſein Syſtem auf Colonien berechnet, welche ihre Grund-Baſis in der Boden-Cultur ſuchen würden. Es lag in dem Plane auch der Männer, welche Süd-Auſtralien zu co-loniſiren gedachten, eine Ackerbau-Colonie zu gründen, ein kühnes Unternehmen Angeſichts der Thatſache, daß in allen ältern Colonien Neu-Hollands der Ackerbau nur geringe Ausdehnung gefunden hatte, vielmehr die Viehzucht die Hauptquelle des Wohlſtandes war, welche ſich mit den Squatters über die weiten Flächen des Innern verbrei-tete, kaum irgend welche geſchloſſene Anſiedelungen ſchuf, und noch heute, mit Ausnahme von Süd-Auſtralien, dem ganzen von Euro-päern bewohnten ſüdöſtlichen Theil des Feſtlandes von Neu-Holland ſeinen durchgängigen Charakter giebt. Sollte aber der erſte Grund einer Ackerbau-Colonie ein ſolider ſein, mußten andere Elemente zu-gleich gewonnen werden, als diejenigen waren, welche die übrigen Colonien bewohnten, wo man wohl die Hütten des Squatters, nicht aber Dörfer und Städte zu gründen verſtand. Dem Scharfblick des geiſtigen Schöpfers Süd-Auſtraliens war die Thatſache, welche heute Niemand dieſſeits und jenſeits des atlantiſchen Oceans mehr bezwei-felt, nicht entgangen, daß der unerhörte Aufſchwung der nordameri-kaniſchen Union einen der weſentlichſten Hebel in der Verbindung deutſcher Stätigkeit mit der raſtlos voranſtürzenden Haſt engliſcher Anſiedler gefunden hatte. Deßhalb rieth er von Anbeginn der Co-loniſation, die Einwanderung deutſcher Coloniſten in das zu be-bauende Territorium zu befördern, ſelbſt wenn ſie den Gründern be-deutendere Opfer auferlegen ſollten. Noch ehe die erſten Auswan-derer von England abgingen, war daher ein Hauptſtreben der An-

hänger Wakefields, namentlich der neu gegründeten süd=australischen
Land=Compagnie, deutsche Landbauer für ihre großen Besitzungen
zu gewinnen. Ein großer Theil der englischen Ansiedler waren Dif=
senters, die müde des Druckes der übermüthigen Hochkirche an der
andern Seite der Erde eine stille Stätte für ihre religiöse Ueberzeu=
gung suchten. Mögen dieselben Erscheinungen zu verschiedenen Zei=
ten und bei verschiedenen Völkern noch so verschieden an Umfang
und allgemeiner Bedeutung sein, man kann sich schwer der histori=
schen Vergleichung entziehen, wo jene auf ähnliche Ursachen zurückzu=
führen sind. Wie in Spanien der politische, in England der reli=
giöse Despotismus der mächtigste Hebel für die Colonisirung der
großen Flächen Amerikas wurde, fanden auch die ersten deutschen
Ansiedler in Australien in dem Mißbehagen unter den kirchlichen und
politischen Zuständen ihres Vaterlandes die erste Veranlassung, die
Heimath zu verlassen. Es ist bekannt, wie die Union von **1817** bei
einem großen Theile orthodoxer Alt=Lutheraner einen entschiedenen
Widerstand fand, der nicht selten durch Waffengewalt gebrochen wer=
den mußte. Zahlreiche Auswanderungen gerade unter dem sittlichsten
und gewerbreichsten Theile der Bewohner mehrerer östlichen Provin=
zen, namentlich Schlesiens, waren die Folge. Nicht selten verließen
unter Anführung ihrer Prediger ganze Gemeinden ihre Heimath, um
auch jenseits des Oceans den Kirchen= und Gemeindeverband un=
verändert bei zu behalten. Die süd=australische Compagnie mußte um
so eher veranlaßt werden, diesen auswandernden Christen in der Er=
langung eines neuen, von religiösem Drucke befreiten Himmelstrichs
behülflich zu sein, als es sich hier auch um Unterstützung Gleichge=
sinnter handelte, welche sich mit den Gründern jener, ihrer Ansicht
nach, unter gleichem religiösen Drucke befanden. Es war zunächst
der Pastor Kavel zu Klemzig in der Neumark, welcher sich mit der
süd=australischen Compagnie in Verbindung setzte und mit seiner Ge=
meinde aus zu wandern gedachte. Unter liberalster Unterstützung der
Fürstin von Carolath=Beuthen langten sie in Berlin an, sich über
London nach der Südsee ein zu schiffen. Hier aber glaubte die preu=
ßische Regierung Veranlassung zu haben, sich ihrer Abreise entgegen=
stellen zu müssen, der Zeitpunkt, den die Compagnie zu ihrer Abreise
bestimmt hatte, ging vorüber, und diese hielt sich jetzt um so lieber
ihrer Verpflichtungen überhoben, als ihre ersten Unternehmungen nicht
die günstigsten Erfolge hatten. Rath= und hülflos langte die aus=

wandernde Gemeinde in London an. Da war es George Angas,
Dissenter und reicher Kaufmann in London, Besitzer des berühmten
Angas-Parks in der Barossa, welcher sich dieser unserer verlassenen
Landsleute annahm, sie auf seine Kosten nach Süd-Australien schaffte,
und sie hier bei ihrer Ankunft im November **1838** mit Allem ver-
sah, was sie zum Unterhalt und zur Bebauung des Landes bedurften.
Andere Züge aus Deutschland folgten ihnen bis zum Jahre **1840**
nach, theils in geschlossenen Gemeinden, wie die unter dem Pastor
Fritsche, theils in freien regellosen Auswandererzügen. Auch von
diesen hatten die wenigsten materielle Mittel zur Verfügung; schulden-
beladen in Adelaide an's Land gesetzt, fanden sie nur in der physi-
schen Kraft ihrer Arme die einzige Hoffnung in ihrer schwierigen
Lage. Aber das günstige Vorurtheil unter den Leitern der Colonie,
gestärkt durch die sichtlichen Resultate ihres arbeitsamen Strebens,
ihr hoher sittlicher Gehalt und ihre Unverdrossenheit in schwierigsten
Unternehmungen bei ungewöhnlicher materieller Nüchternheit ließ sie
den Landbesitzern willkommene Gäste sein. Sie nahmen meist Ländereien in Pacht, sie hielten eng zusammen, regelten ein Gemeinwesen
nach rein deutscher Weise, und bald konnte man in der Colonie schon
an fünf Punkten geschlossene deutsche Ansiedelungen, treffliche Ausgangspunkte weiterer Colonisation begrüßen, als in der ganzen Provinz außer Adelaide kein englisches Dorf zu finden war. Ein Theil
der deutschen Ansiedler gründeten unter Kavel, eine Stunde nördlich von Adelaide, ein neues Klemzig, durchaus im Stil des alten
heimathlichen aufgebaut; ein anderer Theil wandte sich weiter nördlich
von Adelaide den Thälern des Barossa-Gebirges, **10** deutsche
Meilen von der Hauptstadt entfernt, und gründete dort auf den Besitzungen des Herrn Angas die verschiedenen Ansiedelungen: Bethanien, Ober- und Unter-Langmeil, Angaston am deutschen Paß;
noch andere zogen nach dem Süden, sie ließen sich in der Nähe des fruchtbarsten aller australischen Gegenden, des Mount Barker-Distrikts,
im Thale des obern Onkaparinga, nieder, und nannten ihre Ansiedelung zum Danke nach ihrem Altonaer Schiffscapitain Hahndorf,
dem bald in nicht großer Entfernung ein Lobethal folgte. Das
religiöse wie nationale Element hielt sie hier gleich stark beisammen,
sie vermieden, ihre ausschließlich deutschen Niederlassungen durch englische Elemente vermischt zu sehen, in Sitten und Trachten lebten sie
wie in der Heimath, und es macht einen Eindruck seltsamer Art,

schlesische Dörfer und Bauerntrachten unter süd=australischem Himmel wieder zu finden *). Den gemeinsamen Schwerpunkt ihres religiösen, beschaulichen Lebens bildeten die Prediger, unter deren Leitung sie die Differenzen unter einander schlichteten und eine vollkommene Selbst= regierung thatsächlich ausbildeten. Vorzugsweise wurde ein kirchliches Leben in der ihren Gefühlen und Anschauungen entsprechenden Weise geführt. Pastor Kavel, dessen Biedersinn und segensreichem Einfluß auf das Gedeihen der jungen Colonie selbst das Parlament in Lon= don Anerkennung zu Theil werden ließ, konnte mehrere Jahre hindurch als das moralische Haupt der Deutschen in Süd=Australien betrachtet werden. Großentheils Preußen von Geburt und als solche vertraut mit der Handhabung der Waffen, leisteten sie zum Unterschiede von dem ungelenkigen und ungefügigen niedern Volke der Engländer zur Sicherstellung der Colonie gegen Eingeborne und eine Schaar her= übergelaufener Sträflinge wesentliche Dienste. Drei deutsche Missio= nare aus Sachsen fanden sich bald ein, um unter den Eingebornen zu wirken. Wenn auch die Lehren des Christenthums für diesen nie= drigsten aller Stämme auf immer verloren sein werden, haben sie doch wohlthätig auf sie eingewirkt, und es gelang namentlich dem Missionar Meyer aus Dresden, den wildesten aller Stämme in der Nähe von Adelaide, den Milmendura=Stamm am See Victoria, zu bezähmen und über Sprache, Sitten und Anschauungen der Einge= bornen besonderes Licht zu verbreiten. Außer ihnen langten noch manche intelligente Deutsche an, welche der jungen auf sich selbst be= schränkten Colonie die wichtigsten Dienste erwiesen. Zu diesen gehört der Mineraloge Menge aus Hannover, der seit 1839 nicht unter= ließ, auf die reichen Schätze aufmerksam zu machen, welche in den Gebirgen der Colonie unzweifelhaft vergraben seien, und welche auch vier Jahre später in den unerhört reichhaltigen Kupferlagern gefun= den wurden.

Vermöge ihrer religiösen Richtung waren diese Deutschen wenig zu jenen Ausschweifungen geneigt, welche von den geselligen Zustän= den einer aus allen Weltgegenden zusammengewürfelten Bevölkerung der Colonie in einem fast noch wilden Lande kaum zu trennen sind, zu Völlerei, Ausschweifung und Betrug. Ihre Einfachheit, Nüchtern=

---

*) South Australia illustraded, by Angas, ein Prachtwerk, das bei dem Preise von 84 Thalern wohl keinen Eingang in Deutschland gefunden hat.

heit und ihr Biederſinn ſtachen grell gegen die moraliſche Bildung
der erſten, den arbeitenden Klaſſen angehörenden Einwanderern der
brittiſchen Inſeln ab, ſie waren die geſuchteſten Arbeiter im Lande,
und ſchon der Name eines Deutſchen war damals hinreichend, um
der bereitwilligſten Unterſtützung ſeitens der Capitaliſten gewiß zu
ſein.   Während unter der Verwaltung des Gouverneurs Gawler
zwei Drittheile der Bewohner der Provinz ſich in Adelaide zuſammen-
drängten, in ſchwindelnden Spekulationen ſich ergingen und über-
ſtürzten, und Niemand, bei einem ſeltſamen, den Ackerbau ſyſtematiſch
hemmenden Finanz-Syſtem der Regierung darin geſtärkt, an die Bebauung des Bodens, der einzigen damals vorauszuſehenden Grund-
lage des neuen Staates dachte, arbeiteten die Deutſchen unausgeſetzt,
das wilde Land dem Pfluge zu unterwerfen, um auf dieſem zwar
langſamen, aber auch um ſo ſicheren Wege zum Gedeihen und zum
Wohlſtand zu gelangen.   Ihr Gedeihen war daher ſchon feſt gegründet, als vier Jahre nach der Gründung der Colonie Jammer
und Elend über Süd-Auſtralien hereinbrach.

Der Gouverneur Gawler, als Menſch unübertrefflich, aber
wenig mit den Grundſätzen einer geſunden National-Oekonomie vertraut, ging bei ſeiner Verwaltung von dem philanthropiſchen Grund-
ſatze aus, zunächſt den mittelloſen Arbeitern reichliche Arbeit zu geben, unter den Coloniſten aber im Allgemeinen ungewöhnliche Capi-
lien in Umlauf zu ſetzen, um ihnen hierdurch wiederum die Mittel
zu gewähren, leichter über die Schwierigkeiten der erſten Coloniſation
hinweg zu kommen.   Statt aber dem Arbeiter bei den Regierungsbauten
einen ſo niedern Lohn zu zahlen, daß den Privaten durch die Regierung die Arbeiter nicht entzogen würden, und ſtatt die Unternehmungen
der Regierung auf Gegenſtände zu werfen, welche der Produktivität
des Landes Vorſchub leiſten mußten, wie Straßen- und Brückenbau,
wurden die ungeheuern Ausgaben auf ein glänzendes Beamten-Per-
ſonal, auf prächtige Bauten in Adelaide, Werften und Lagerhäuſer ꝛc.
in fortwährend ſteigend liberalem Maaße verwandt, ſo daß allein
die Ausgaben des letzten Quartals 1840 ſich auf 60,155 L. =
260,600 L. = 1,685,000 Thlr. jährlich, allein für die Verwaltung
einer Bevölkerung von 14,061 Seelen beliefen (224 Thlr. pro Kopf
über 21 Jahre!).   Das Parlament hatte ſich in der Conſtitutions-
Akte Süd-Auſtraliens gegen jede ſpätere Beihülfe verwahrt, falls
die neue Coloniſations-Art nicht gelingen ſollte.   Nichts deſto weniger

hatte die Königliche Regierung von Süd-Australien Verpflichtungen im Betrage von 3 Millionen Thalern, welche die Staatskasse des Mutterlandes entrichten sollte. Seitens des Unterhauses wurde ein Comitté zur Untersuchung der Dinge in Süd-Australien festgesetzt; die weitläuftigen Verhandlungen derselben wurden dem Druck übergeben, und man sieht, daß im Schooße des Parlaments-Ausschusses die Frage aufgeworfen wurde, ob es nicht gerathener sei, die junge, verfehlte Ansiedelung ihrem Schicksale zu überlassen, und daß vor Allem auch die deutschen Ansiedelungen in der Colonie dem Ausschuß Vertrauen in die Zukunft Süd-Australiens einflößten. Das Parlament ordnete demnach die Staatsschuld, aber mit dem neuen Gouverneur Grey wurde ein striktes Sparsystem eingeführt, mit welchem der Colonie mit einem Schlage die unnatürlichen Hülfsquellen abgeschnitten wurden und sie so viel wie irgend möglich auf sich selbst angewiesen blieb. Die commerzielle Unglücks-Catastrophe von Neu-Süd-Wales verbreitete sich zu gleicher Zeit über Süd-Australien, bei dem allgemeinen Ruin wurde sogar die englische Einwanderung eingestellt, um so mehr also die deutsche zu einer Zeit, in welcher die Colonisten an Ort und Stelle nur mit genauer Noth sich selbst durch alle Drangsale fort zu schleppen vermochten.

Fast drei Jahre hindurch stockte die Einwanderung aus England und Deutschland vollends. Das Jahr 1843 aber war der Anfang einer besseren Periode. Der völlig erschöpfte Land-Fond gestattete wieder die systemathische Einwanderung, Arbeiter wurden dringend gewünscht, ein dauernder Wohlstand hatte Wurzel gefaßt, und auch die angesiedelten Deutschen konnten darauf bedacht sein, durch die entsprechenden Berichte, namentlich aus der Feder Kavel's, Nachzüge ihrer Landsleute nach Süd-Australien in Bewegung zu setzen. Die ersten Erfahrungen der süd-australischen Compagnie hatten bereits bestätigt, daß keine Klasse von Einwanderern an Fleiß und Ausdauer in der Boden-Cultur den Deutschen sich vergleichen konnte, und sie war es, welche zunächst für ihr Interesse Agenten in Bremen und Hamburg für sich wirken ließ. Aber die geringe Kenntniß von den Zuständen der Colonie und die noch frischen Erinnerungen des Unglücks, das über so viele tausend deutsche Auswanderer in Brasilien, Venezuela, Jamaica, und in der letzten Zeit in Texas und Neu-Seeland u. s. w. gekommen war, stellten sich einer umfangreichen deutschen Einwanderung als große Hindernisse entgegen. Indeß schon 1844 segelte das

erste Schiff mit **180** Auswanderern von der Weser nach Port Adelaide ab, **1845** folgten von ebendaher zwei Schiffe mit **494, 1846**
drei Schiffe mit **656, 1847** vier Schiffe mit **698** Passagieren für
Süd-Australien. Bald folgten die Hamburger Rheder nach, die
Auswanderung nach Australien nahm fortwährend zu, so daß allein
im October **1848** sechs Schiffe mit **1131** Auswanderern die Elbe
verließen, und im Jahre **1849** ohngefähr **4000** Deutsche über beide
norddeutsche Häfen sich einschifften. Mit **1850** aber trat ein Rückschlag in der öffentlichen Meinung hinsichtlich Süd-Australiens ein,
so daß in diesem Jahre nur **250** in Port Adelaide landeten, während
aber schon **1851** wieder gegen tausend Deutsche dort gelandet sein
sollen. Die Gesammtzahl der nach Süd-Australien ausgewanderten
Deutschen mag sich demnach auf **10,000** Seelen belaufen, von denen mit Einschluß des in Australien ungewöhnlich starken natürlichen
Zuwachses sich noch gegenwärtig **9000** dort befinden mögen. Gelehrte, Künstler, einzelne wenige Capitalisten, und Männer jeglichen
Standes hatten sich neben Handwerkern aller Art, Landbauern und
Schäfern, von dem allgemeinen Strome gleichmäßig fortreißen lassen.
Der ursprünglich religiöse Charakter der deutschen Einwanderung hatte
sich wesentlich geändert. Nicht mehr religiöses Mißbehagen ließ den
Entschluß zur Reise gedeihen, jenseits des Oceans, **4000** Meilen entfernt von der alten Heimath eine neue ungestörte Stätte für die
Ausbildung des religiösen Gefühles zu finden, sondern der Wunsch
nach Verbesserung der materiellen Existenz. Noch einige andere Gemeinden langten unter Führung ihrer Prediger in der Colonie an,
wie die unter dem Pastor Kappler aus der Nähe von Bautzen, unter dem Pastor Oster aus dem Großherzogthum Posen (dieser starb
auf der Hinreise), auch Gesellschaften in der Absicht, geschlossene
Ansiedlungen nach dem Muster der altlutherischen zu gründen, wie
1845 eine Mecklenburger, **1849** eine Berliner Gesellschaft — kaum
aber gelandet, zerstreuten sie sich über die Colonie, indem jeder Einzelne seine eigenen Zwecke verfolgte. Der bei weitem überwiegende
Theil der Einwanderer aus Deutschland bestand aus Landbauern,
die, wenn sie sich auch in der ersten Zeit ihrer Ankunft über die äußere
Erscheinung des Landes in ihren träumerischen Hoffnungen getäuscht
sahen, sich bald mit dem Boden vertraut machten, Land erwarben
oder unter bestimmten Bedingungen und Ansprüchen auf spätern freien
Erwerb desselben in Pacht nahmen, dann bald die reichlichsten Mit-

tel zur vollsten Befriedigung ihrer mäßigen Ansprüche, und allen Grund zur vollsten Zufriedenheit mit ihrer Lage in der neuen Heimath fanden. Für einen großen Theil derselben bildeten die älteren deutschen Ansiedlungen die Anziehungspunkte. Sie wurden die Crystallisations-Punkte einer weitern Colonisirung der Nachbarschaft durch die Deutschen, obgleich sie vermöge ihrer religiösen Rigorosität sich schroff gegen die Ankömmlinge stellten, welche es verschmähten, sich unbedingt ihrem starren, kirchlichen Verbande an zu schließen. Der bei weitem größere Theil dieser Ansiedler wandte sich nördlich von Adelaide nach den Besitzungen der süd-australischen Compagnie und dem Angas-Park im Barossa-Gebirge, zu dem Flußgebiete des Gawler, den Thälern Lyndoch, Salem und Flarman, wo schon früher Bethanien, Ober- und Unter-Langmeil und Angaston gegründet waren, die deutschen Namen der „Rhein," der „deutsche Paß," der „Kaiserstuhl" die deutsche Colonisation bezeichnen, und für den man auf einzelnen Karten den Namen von „Neu-Schlesien" eingeführt hat. Die rein deutschen Ansiedlungen vermehrten sich aber aus dem oben angeführten Grunde nicht in demselben Maaße, als die rasche Entstehung der frühern es erwarten ließ, und die, welche entstanden, blieben an Wichtigkeit den früheren bei weitem untergeordnet. Wir finden hier noch ein Krondorf, Emilienthal, Hoffnungsthal, Grünthal und Blumberg, ein Neu-Schreiberau auf der Wiltshire-Vermessung, und ein Hermannshöhe. Seit 1849 erstand in der Nähe von Gawlertown die Ansiedlung Buchsfelde von ihrem jetzigen Besitzer, dem Naturforscher Dr. Otto Schomburg, sogenannt nach seinem berühmten Freunde, Leopold von Buch zu Berlin. Als den Mittelpunkt aller dieser Ansiedlungen kann man die rasch aufblühende, rein deutsche Stadt Tanunda an einem von den Eingebornen so benannten kleinen Nebenflusse des Gawler bezeichnen. Neben Hahndorf oft die wohlhabendste deutsche Ansiedlung genannt, hat Tanunda in den fünf Jahren des Bestehens eine größere Ausdehnung, ein regeres Leben und lebhafteren Verkehr gefunden, als mit Ausnahme der Haupt- und Hafenstadt und Kooringa an der Burra-Burra-Mine irgend ein anderer Punkt in der Colonie. In ihm vereinigt sich das commerzielle Leben der nördlichen Grafschaften Gawler, Light und Stanley, durch welche sich alle diese deutschen Siedelungen verbreiten; die hier sich kreuzenden Straßen zu vielen der nördlichen Minen, wie der Kapunda, der Burra ꝛc. geben

der Stadt eine besondere Wichtigkeit. Daher hier der Vereinigungs=
punkt vieler strebsamer und intelligenter Deutschen. Deutsche Schulen
und Kirchen wurden hier errichtet, deutsche Aerzte, Prediger und Kauf=
leute haben sich hier niedergelassen. Die Stadt erhielt durch einen
in Australien durchgehends heimischen Verein, die s. g. „wohlfeile
Stadtbaugesellschaft" in ihrer Entstehung großen Vorschub. Diese
sehr zweckmäßige Gesellschaft strebt dahin, dem im Allgemeinen mit=
tellosen Arbeiter die Mittel zu verschaffen, auf eigenem Grund und
Boden ein Wohnhaus zu errichten. Sie ist Sparkasse, verzinset die
Summe, welche wöchentlich für einen festgesetzten Zeitraum zu zah=
len ist, um **20** pr. C., und vertheilt in bestimmten Zwischenräu=
men die festgesetzten, gleichen Raten (**60** — **100** — **150** Pfund
Sterl.), so daß der Glückliche schon sofort in den Besitz derselben ge=
langen kann, um den Bau eines Hauses zu beginnen. Die Zahl
der in und um Tanunda und durch die Barossa zerstreut ansäßigen
Deutschen mag sich auf **3** — **4000** belaufen.

Die zweite in größerem Maaßstabe von Deutschen bewohnte
Gegend sind einige Striche des fruchtbarsten australischen Landes,
des Mount Barker=Distriktes, südlich des Adelaide umkränzenden
Lofty=Gebirges, in dem Thale des obern Onkaparinga, und auf
der vom Berge Barker sich nach dem See Victoria sanft nieder=
senkenden Hochebene, wo namentlich die süd=australische Compagnie
fruchtbare Besitzungen hat. Sie leben großen Theils zerstreut auf
der Gränzscheide der drei Grafschaften Adelaide, Hindmarsh und Sturt.
In dem großen Theils nicht sehr fruchtbaren Thale des Onkaparinga
liegt eine der ältesten deutschen Niederlassungen, das oben erwähnte
Hahndorf, **20** Meilen südlich von Adelaide, jetzt nach dreizehnjäh=
rigem Bestehen gleich den übrigen älteren deutschen Colonien blühend,
von vielen für die wohlhabendste aller gehalten. In der Nähe von
Hahndorf, dem jetzigen Wohnsitz des Pastor Kavel, und der rasch
aufblühenden Stadt Nairne liegt noch die deutsche Ortschaft Lobethal
und die kleine Ansiedlung „Gottes Gnaden." Diese stehen, wie
von Anbeginn der deutschen Einwanderung, so auch noch heute unter
direkter Leitung des Pastor Kavel, noch jetzt in allen kirchlichen,
ökonomischen und politischen Angelegenheiten ihre erste Autorität.
Sein Verdienst um diese Deutschen kann nicht genug gewürdigt wer=
den. Der andere Theil der südlich von Adelaide wohnenden Deut=
schen wohnt in und um Macclesfield, **25** Meilen von Adelaide, in

der Nähe des Flusses Angas, auf den Besitzungen des Herrn Daven=
port zu Battunga in der Grafschaft Hindmarsh. Sie sind vorwie=
gend Pächter, einzelne unter ihnen zugleich Handwerker. Deutsche
Institute, wie Kirchen und Schulen, konnten hier bis jetzt noch nicht
entstehen. — Das von Kavel erbaute Klemzig, eine Stunde nördlich
von Adelaide, wurde theilweise von den ersten deutschen Ansiedlern
wieder verlassen.

Außer den hier angeführten Punkten concentriren sich die Deut=
schen auch in größerer Zahl in der Hauptstadt Adelaide selbst, wo sie
2500 Seelen noch übersteigen möchte; sie bewohnen hier einen besondern
Stadttheil, vorzugsweise das „Deutsche Viertel" genannt, im östli=
chen Theile der Stadt, der Angasstraße 2c. Unter ihnen befinden
sich angesehene deutsche Aerzte, auch Gelehrte auf andern Feldern,
einige bedeutende Capitalisten, Theologen, Philologen und Künstler,
Bildhauer, Maler und Musiker, eine große Zahl Handwerker aller
Gattungen, und Deutsche in den verschiedensten Beschäftigungen.
Die Mehrzahl dieser ist mit ihrer Lage zufrieden, Manche ha=
ben sich in den wenigen Jahren ihres Aufenthaltes bereits eine glän=
zende Situation geschaffen, aber leider hat sich hier auch eine große
Zahl Unglücklicher zusammengedrängt, welche noth= und hülflos ei=
nen Kampf der Verzweiflung kämpfen, und den Entschluß verwün=
schen, jemals die Heimath verlassen zu haben. — Eine deutsche evan=
gelische Gemeinde wurde hier, wie in den ältern deutschen Niederlassun=
gen unter Beihülfe des Staates gegründet, eine deutsche Kirche ge=
baut, und der Pastor Kappler, welcher zum Unterschiede seiner frü=
her angelangten Collegen einer freisinnigeren Richtung angehört, zum
Prediger ernannt. Im Jahre **1850** wurde ein deutscher Schulverein
gestiftet, dem es endlich gelang, eine deutsche Schule unter Leitung
des Herrn von Schleinitz mit Hülfe einer jährlichen Unterstützung
des Colonial=Schatzes von **600** Thlrn. zu errichten. Sämmtliche
deutsche Kirchen und Schulen in der Provinz wurden unter dem
Schutze des so sehr heilsamen „Kirchengesetzes" gegründet, welches
den Gemeinden bei Gründung und Erhaltung derselben, und zur Be=
soldung der Lehrer und Geistlichen eine nach Maaßgabe der eigenen
Beiträge fest zu setzende Unterstützung aus Staatsmitteln zusagt. Ob=
gleich dieses Gesetz seit den fünf Jahren seines Wirkens auf das
wohlthätigste die Verbreitung von Kirchen und Schulen beförderte,

erregte es doch seit seinem Erscheinen bis auf den heutigen Tag eine große Spaltung unter den Colonisten. Die Dissenters sahen hierin eine systematische Uebervortheilung der anglikanischen Kirche, der vorzugsweise diese Unterstützung zu Gute kommen werde, sie hielten es nicht mit ihrem Gewissen vereinbar, mit ihren Steuern Doktrinen zu unterstützen, welche sie als unchristlich verwerfen mußten, sie protestirten gegen dieselben, nahmen die Subsidien nicht an, und das neue süd-australische Parlament wird wahrscheinlich durch sie gedrängt werden, ungeachtet des wohlthätigsten Einflusses dasselbe ab zu schaffen. Außer Kirche und Schule wurden noch einzelne andere Vereinigungspunkte unter den Deutschen in Adelaide geschaffen, leider konnten sie aber keine größere Bedeutung erlangen, wie man es nach der Zahl und der unter den Deutschen verbreiteten Intelligenz voraussetzen sollte. Neben dem oben erwähnten Schulverein entstand eine deutsche Liedertafel, ein deutscher Einwanderungsverein, ein deutscher Lehr- und wissenschaftlicher Verein, ein deutsches Arbeits-Nachweise-Bureau ꝛc.; die beiden letzteren sind indeß wieder eingegangen, und die ersteren zeigen sich nicht lebensfähiger. Durch die Bemühungen des Dr. Beier gelang es endlich, unter großen Festlichkeiten, bei denen alle Autoritäten der Colonie vertreten waren, den Grundstein zu einem deutschen Hospital zu legen, zu dessen Errichtung die Regierung gleichfalls bedeutende Summen beisteuert.

Außer den Ansiedlungen in der Barossa, dem Mount Barker-Distrikt und den Deutschen in der Haupt- und Hafenstadt, sind sie über das gesammte colonisirte Territorium verbreitet, theils als einzelne zwischen den Engländern sich anbauende Farmer, wie in den zahlreichen Dorfschaften um Adelaide und zu Cummaroka, Willunga, im Lyndoch-Thale, Morphet-Vale, Rolandsflat, Hope-Valley u. s. w., theils als Handwerker und kleinere Kaufleute in den Landstädten Gawler-town 25 Ml. und Kooringa 90 Ml. von Adelaide, theils als Bergleute, namentlich vom Harz, an den verschiedenen Minen, oder als Hirten im Innern, dem „Busch," verbreitet. Das Loos dieser letzteren ist kein beneidenswerthes. Der Hirtenstab ist in Australien das letzte Mittel, zu dem der Einwanderer zu greifen pflegt, wenn ihm keine andern Mittel zur Fristung der Existenz übrig bleiben. Leider muß man bemerken, daß diese in ihren Hoffnungen so schmachvoll getäuschten Einwanderer sich über die gesammte Süd-Ost-fläche Australiens zu verbreiten scheinen, in Port Lincoln, dem Distrikte des Berges Remarkable, die Niederungen des Murray und weit hinauf bis zum Berge Kosciusko.

Betrachtet man die Verhältnisse der Deutschen in Süd=Austra= lien im Allgemeinen, ihre Zufriedenheit, ihre Stellung zu einander, zu der sie umgebenden englischen Bevölkerung und zum Mutterlande, so läßt sich nicht verkennen, daß bei aller Zufriedenheit, Wohlhabenheit, selbst dem Reichthum eines großen Theiles derselben sich viele unter ihnen befinden, welche es schmerzlich bereuen müssen, die alte Hei= math verlassen zu haben, daß unter ihnen Hader und Zwiespalt in höherem Maaße zu herrschen scheinen, als selbst unter den Deutschen daheim, daß sie der anglo=sächsischen Bevölkerung gegenüber eine bei weitem untergeordnete Stellung einnehmen, daß sie von jener mit ra= schen Schritten absorbirt werden und sie somit für das Mutterland verloren sind.

Für den Umfang seines der Colonisation zugänglichen Territo= riums hat Süd=Australien verhältnißmäßig große Hülfsquellen im Ackerbau und Bergbau als die Haupt=Fundamente seines gedeihlichen Zustandes, dann in der Schaafs= und Viehzucht, an Wichtigkeit den beiden ersten Erwerbszweigen jedoch sehr untergeordnet. Aber der grundsätzlich erschwerte Erwerb des Landes und die unverhältnißmä= ßig großen Mittel zur erfolgreichen Bebauung, welche in Australien im Verhältniß zu andern Ländern erforderlich sind, gestatteten nur wenigen der deutschen Einwanderer sofort bei ihrer Ankunft sich eine Sektion von nur **80** Acker als freies Eigenthum zu erwerben. Die große Mehrzahl wurde daher Pächter, welche gewöhnlich in erhöhtem Pachtzins zugleich den Kaufpreis abtragen, und auf diese Weise sich allmälig in den Besitz eines freien Eigenthums setzen. Diese Klasse deutscher Einwanderer befindet sich im Ganzen in entschiedenem Wohl= stande, den sie unter dem heimathlichen Himmel Europas nicht hät= ten erlangen können. Zu ihnen gehören in erster Linie die altluthe= rischen Einwanderer der letzten dreißiger Jahre, dann diejenige Klasse von Ackerbauern, welche um die Mitte der vierziger Jahre eintraf, mit mäßigen Ansprüchen landete, den Schweiß der ersten Bebauung des noch wilden Urlandes nicht scheute, mit Sicherheit und Ausdauer die Hindernisse der ersten Colonisation überwand und allmälig zur Wohlhabenheit sich emporarbeitete. Der australische Boden ist im Allgemeinen arm an Humus; doch schon die große Entfernung von den Märkten der Welt würde sich der Boden=Cultur in einem Umfange, wie sie ihn z. B. schon jetzt im Flußgebiete des Mississippi gewonnen hat, für immer entgegensetzen. Die Produkte des Ackerbaus sind in Australien auf die Colonien selber angewiesen. Bei der geringen Zahl von Consumenten tritt daher leicht eine für den großen Ackerbauer nachtheilige Wohlfeilheit des Kornes ein, so daß der Capitalist, welcher durch fremde Hände den Boden beackern läßt, seine Rechnung nicht finden kann, wenn er dem Arbeiter täglich drei Schillinge zahlen soll und er später in Adelaide den Durchschnittspreis von drei Schillingen für den Bushel Weizen nicht einmal lösen kann (Schwankungen im Preise des Korns können das Verhältniß im Allgemeinen nicht ändern). Diese große Wohlfeilheit des Korns, namentlich in Adelaide, welche trotz aller anfänglichen Unglücksfälle hier schon so kurze Zeit nach der Gründung erzielt wurde, war lediglich die Frucht des ausdauernden Fleißes jener ersten deutschen Einwanderer, ihr Verdienst um das Gedeihen Süd-Australiens ist daher unschätzbar und wird auch von den Engländern selbst im vollsten Maaße anerkannt. Je mehr Nationen gleich Individuen fremdes Verdienst an zu erkennen gewöhnlich verschmähen, um so mehr muß es tief begründet sein, wenn ein anerkennendes Urtheil über diese Klasse deutscher Colonisten selbst in der englischen Presse nirgends vermißt wird. Der Gouverneur Gawler schreibt an Angas: „Ihre Deutschen befinden sich vortrefflich; sie sind religiös, moralisch, loyal und betriebsam, ich sollte hoch erfreut sein, **100,000** von ihnen zwischen dem Golf und dem Murray zu sehen. Pastor Kavel ist ein aufrichtiger, ausgezeichneter, liebenswürdiger Mann." Sein Nachfolger Grey nennt sie ein „admirable body of people," und Dutton beschreibt sie in seinem Werke über Süd-Australien (1846) wie folgt: „Bescheiden in ihrem Wesen, sehr betriebsam und sparsam, bilden diese deutschen Einwanderer einen sehr blühenden und unabhängigen Theil der süd-australischen Bevölkerung. Die Annalen des obersten Gerichtshofes geben Zeugniß von ihrem durchaus guten Verhalten; so viel mir bekannt, war dort kein Beispiel, das Einer dieser Deutschen eines bedeutenden Vergehens wegen verurtheilt worden wäre (1846). Sie sind durchaus religiös. Es herrscht unter ihnen ein gewisser Grad von Eifersucht gegen die Vermischung mit englischen Bewohnern, weßhalb man Heirathen mit Engländern ungern sieht. Man hat diesen deutschen Einwanderern vorgeworfen, daß sie der Colonie keinen direkten Zuwachs an Arbeitskräften geben, indem sie großen

Theils in geschlossenen Gemeinden zusammenleben. Diese Ansicht ist aber falsch, denn sie tragen zur allgemeinen Urbarmachung des Bodens bei, zahlen gute Renten ꝛc. Als Arbeiter sind sie übrigens keineswegs mit denen aus England, Schottland und Irland zu vergleichen, sie sind langsam und linkisch und schwer von Begriff; aber diese weniger guten Eigenschaften werden bei weitem durch ihre unablässige, stätige und arbeitsame Gewerbthätigkeit und ihr allgemein gutes Verhalten aufgewogen." Der Adelaide Observer ließ sich im November 1846 folgendermaßen über sie aus: „Wir fühlen uns gerade zu beschämt, wenn wir sagen, daß viele unserer nützlichsten Ansiedler nicht einmal unserm eigenen Vaterlande angehören. Die Deutschen, welche selbst ihre Ueberfahrt bezahlen, — die herüberkommen, unser Land zu kaufen — unsere Einfuhr zu verbrauchen, Städte zu bauen, Land-Distrikte zu verbessern, und im Allgemeinen Beistand zu leisten in den Arbeiten der Colonie — sie leben ruhig und tadellos, kaum sieht man sie bei der Polizei, niemals hört man sie zanken in der Straße, aber unbemerkt helfen sie den Reichthum und die Bedeutsamkeit der Provinz in einem viel höhern Maaße vermehren, als ihre numerische Stärke es erwarten läßt. Man hat ihnen vorgeworfen, sie seien sparsam. Das mag sein. Sie sind haushälterisch von Haus aus, aber sie bezahlen, was sie verbrauchen. Sie haben Land übernommen, Vieh gekauft, Sektionen umzäunt, Häuser gebaut, unsere Einfuhr verzehrt, unsere Ausfuhr vermehrt; dem englischen Ackerbauer leisten sie Hülfe, und wenn sie wenige Bedürfnisse fühlen, ist es, weil sie harte Arbeit unabhängig vom Luxus gemacht und erhalten hat. Wir wünschen noch recht viele gleich ihnen zu bekommen, sei es von Deutschland, sei es von England." J. C. Bryne, „twelve years wanderings in the British Colonies" äußert sich über sie: „Der Charakter der deutschen Bevölkerung veranlaßt sie, sobald als möglich einen eigenen Heerd und Meierhof zu erwerben, sie lieben es nicht, in einer dienstbaren, von Fremden abhängigen Lage zu bleiben, ihr tägliches Brod zu gewinnen. Diesem ist hauptsächlich die Ausdehnung der bebauten Felder in Süd-Australien und die dortige Wohlfeilheit des Korns zu zu schreiben. Diese kleinen Anbauer können zu einem viel wohlfeilern Preise die Produkte ziehen, als die großen Landbesitzer, die durchaus von der Arbeit Anderer abhängig sind." South-Australian News im Mai 1847: „Wir können nicht umhin, ihre Ausdauer, ihr ruhiges und allgemein gutes Ver-

halten, als Ansiedler zu bewundern. Sie geben das Beispiel einer
Lebensweise, welche die englischen, schottischen und irischen Einwanderer
vor allen Dingen nachahmen sollten *)." Diese Urtheile englischer
Autoritäten genügen zu der Ueberzeugung, daß die Anerkennung ihres
Werthes den deutschen Colonisten in Süd-Australien in vollem Maaße
zu Theil wird, sobald sie sich auf den verschiedenen Feldern des Schaffens thätig zeigen, und daß ein Ackerbauer auf australischem Boden
immer eine gute Existenz sich schaffen kann, wenn er Muth und Ausdauer im Kampfe gegen die unvermeidlichen Hindernisse eines ersten
Beginnens behaupten kann. Die Deutschen waren im vollen Rechte,
wenn sie einladende Berichte nach Deutschland sandten, fernere Züge
deutscher Einwanderer nach sich zu ziehen. Die Einwanderung regte
sich, wie oben gezeigt, von Neuem, und nahm auch von England
aus in demselben Maaße zu, als die **1843** entdeckten Kupfererze un-
gewöhnlichen Gewinn brachten, große Capitalien in Bewegung gesetzt wurden, und ein überraschend schneller Wohlstand in der Colonie sich verbreitete. Der Ruhm der Reichthümer Adelaidens verbreitete
sich durch die Städte und Dörfer des Heimathlandes, bis die australische Manie, gesteigert durch die Leidenschaften der Jahre **1848**
und **1849**, ihren Höhenpunkt erreichte. Man schwankt, ob man die
norddeutschen Agenten, oder den unbegreiflichen Leichtsinn mehr war-
nend hervorheben soll, mit dem selbst wissenschaftlich gebildete Männer sich an die ihnen völlig unbekannten, fernen Gestade Australiens
warfen. Jene suchten oft lediglich für den Augenblick in den Auswanderern eine Fracht zu erlangen, und sie vergaßen, daß dadurch
die Quelle des Gewinnes von selbst bald versiegen werde. In
den vor mir liegenden Plakaten finden sich nicht allein Berichte
über die Leichtigkeit des Erwerbes einer guten Existenz in Süd-Australien, welche sich nur in einzenen Fällen bestätigt haben konnten, sondern
die deutsche Einwanderung auf Punkte gelenkt, welche innerhalb der
nächsten Dezennien nicht mit Erfolg colonisirt werden können, oder
bis jetzt nur einer kümmerlichen Existenz pflegten, wie West-Australien und der Distrikt von Port Lincoln. Dieser ganze Landstrich,

---

*) Während des Druckes dieser Blätter hatte ich das Vergnügen, den lang-
jährigen, um die Gesetzgebung und Verwaltung der Provinz so hochverdienten
Staats-Sekretair von Süd-Australien, Herrn Mundy, in Berlin zu sehen.
Es gereicht mir zur großen Befriedigung, durch ihn obige Urtheile trotz der Einwanderung von 1849 im vollsten Umfange bestätigt zu finden.

der beim Beginn der Colonisation wegen seines trefflichen Hafens zum Hauptstapelplatz und Central-Punkt der ganzen Colonisation Süd-Australiens ausersehen war, schwebte mehr als einmal in Gefahr, gänzlich verlassen zu werden, und er zählte bei den Wahlen zur ersten legislativen Versammlung nur 64 stimmberechtigte Wähler in 15 Jahren nach dem Beginne seiner ersten Ansiedlung! Sogar die Entdeckungen der Reise Sir Thomas Mitchell's von 1846 wurden den deutschen Auswanderern als Lockspeise vorgehalten. In einer Ansprache von 1847 heißt es wörtlich: „Als letzte Entdeckung kann diejenige von Sir Thomas Mitchell gelten, welcher gerades Wegs das Innere aufsuchte und die glücklichsten Gefilde der Welt aufgefunden zu haben schildert, wohin er jetzt beschäftigt ist, einen Fahrweg (!!) zu eröffnen, bis zu einem großen See und natürlichen Pyramiden, die ein neues Land begränzen, das von einem großen Flusse „Victoria" durchströmt wird, der viele Nebenflüsse aufnimmt und zweifelsohne in den Golf von Carpentaria mündet. Sir Thomas schätzt diesen Fluß für den größten Australiens und die Niederungen, welche derselbe befruchtet, sind hinreichend die ganze Welt mit Viehstand zu besorgen. Dieses Land, das man früher eine Wüste nannte, wird also die neue Wiege des künftigen Menschengeschlechtes werden und wahrscheinlich seines gleichen auf der ganzen Erde vergebens suchen." Ein einfacher Blick auf die Karte überzeugt sofort einen Jeden, daß diese angepriesene neue Wiege des Menschengeschlechtes weit jenseits der Gränzen Süd-Australiens liegt, daß sie vielmehr getrennt durch weite Wüsten weder jetzt von hier aus zugänglich ist, noch jemals zugänglich werden kann, daß vielmehr, wenn der Victoria jemals in den Bereich der Colonisation gezogen werden sollte, was, wie aus der Natur des australischen Continentes mit ziemlicher Gewißheit hervorgeht, innerhalb der nächsten Dezennien nicht möglich sein wird, derselbe nur von der Ostküste des Festlandes, von Moreton-Bay aus, erreicht werden kann. Dennoch wurde derselbe bei einer Ansprache über Süd-Australien so sehr hervorgehoben! In keinem der übrigen Welttheile bedürfen außerdem die neuen Entdeckungen so sehr der Bestätigung als erfahrungsmäßig in Australien. Der erste Reisende trifft auf herrliche Fluren, grasreiche Ebenen, wasserreiche Ströme, mit üppigen Ufern umkränzte Seen — mit Entzücken erfüllt verkündet er das neuentdeckte Paradies. Eine zweite, oft schon nach Jahresfrist abgesandte Expedition nach derselben Gegend findet Nichts von dem gepriesenen Lande — aber eine verkümmerte Vegetation, ausgetrocknete Flußbetten, steinigte und sandige Niederungen, Contraste, welche eben in der contrastreichen australischen Natur ihre volle Erklärung finden. Auch die überschweng= liche Phantasie Mitchell's war schon bald auf das natürliche Maaß zurückgeführt. Der leider zu früh als Opfer seiner Unternehmungslust untergegangene Kennedy legte dar, daß der Victoria nicht der größte aller australischen Flüsse ist, daß er sich nicht zum Busen von Car= pentaria, vielmehr dem Süden zu wendet, wo er in der sandigen Wüste versiegt, und die neue Wiege des Menschengeschlechtes im Innern des Festlandes bleibt nichts desto weniger eine Wüstenei. Zu solchen, aller Wahrheit entbehrenden Darstellungen gesellten sich Berechnungen der Gewinne, z. B. eines in der Schaafszucht angelegten Capitals, die sich immerhin, namentlich im Beginn der Colonisation in einzel= nen Beispielen verwirklicht haben mochten, aber nur als Ausnahme von der Regel gelten, am wenigsten aber in Süd=Australien zu treffen, wegen Mangels an Weiden und hinreichendem Wasser zur Bearbeitung der Wolle anerkannter Maaßen das für die Vieh= und Schaafszucht ungünstigste Land unter den australischen Colonien. Hinreichende That= sachen, um die Nothwendigkeit dar zu legen, daß die Thätigkeit der Auswanderungs=Agenten einer Beaufsichtigung unterworfen werden muß. Zu solcher Unbedachtsamkeit, wenn auch immerhin aus bester Absicht hervorgegangen, gesellte sich der bekannte noch größere Leicht= sinn, mit welchem dieser Schritt, der an Wichtigkeit keinem der Ent= schlüsse des Lebens zurücksteht, seitens der Auswanderer gethan wird. Wenn der Arbeiter oder kleine Grundbesitzer, der von der Last der socialen wie staatlichen Verhältnisse der alten Welt niedergedrückt we= der Muth noch Kraft besitzt, seine Sehnen zu spannen, um durch erhöhtes Maaß der Anstrengung das aus zu gleichen, was die Ungunst der Situation ihm versagte, das Band zerreißt, welches ihn an die Stätte seiner Wiege fesselt, wer kann von ihm voraussetzen, daß dieser Entschluß die Frucht einer reifen Erwägung der Verhältnisse jenseits des Oceans sei? Von einem dunkeln, unbewußten Gefühle aus der Heimath getrieben baut er auf das, was man ihm mittheilt, Sagen im Volke, einseitig abgefaßte, entstellte und übertriebene Berichte, Vorspiegelungen interessirter Individuen, höchstens ein Brief bereits ausgewanderter Angehörigen — er stürzt tollkühn hinaus in die Welt, und steuert auf gutes Glück den neuen Küsten zu, von dem

Lande kaum mehr als die Namen Amerika oder Australien wissend.
Wer wird ihm bei seiner Bildungsstufe Leichtsinn vorwerfen, wenn
er ein Opfer der germanischen Wanderlust wurde, als er sich plötzlich
in Verhältnisse versetzt sah, welche ihm die verlassenen, heimischen
als paradiesisch erscheinen lassen? Bei der Emigration nach Australien der letzten Jahre gesellten sich aber viele Elemente, welche sicher
das Unglück hätten meiden können, wenn sie nur das gewöhnlichste
Maaß der Urtheilskraft bei Erwägung der australischen Verhältnisse
zu Hülfe genommen hätten. Leider war diese Klasse von Auswanderern 1849 zahlreich, und das Unglück, das sie treffen sollte, großen
Theils adäquat ihrem Leichtsinn. Sie gehörten der gebildeten Klasse
an, sie waren Männer von wissenschaftlichem Berufe, Gelehrte und
Kaufleute, Künstler und Offiziere, Stadtbewohner, welche weder bedeutende Capitalien, noch irgend welche Sachkenntniß einer praktisch-
lukrativen Beschäftigung erworben hatten. Lehrer und Beamte, vielleicht vortrefflich für den mechanischen Dienst in den Büreaus der
centralisirten europäischen Verwaltung, nichts weniger aber als taugliche
Colonisten, welche das aus der Hand des Schöpfers empfangene Urland für den Pflug und die Hacke gewinnen sollten. Sie Alle standen mehr oder weniger unter dem Einfluß der politischen Leidenschaften
jener bewegten Zeit, die Ideale der erregten Phantasie des vorherge-
henden Jahres begannen vor der nackten Wirklichkeit der vorhandenen Zustände zu verschwinden, die Enttäuschung erregte in demselben
Maaße einen bald sich einwurzelnden Groll gegen die Zustände der
alten Welt, als die Illusionen überschwenglich gewesen waren, und
der Staatsbürger sehnte sich nach eingebildeten Verhältnissen,
welche auf der andern Seite den Menschen in hundertfache Ketten
schlugen. Hierin findet es die Erklärung, daß Männer, denen weder
Umsicht noch wissenschaftliche Tiefe abgesprochen wird, getrieben von
einem unklaren, europamüden Gefühle, gebannt unter Herrschaft
desselben von aller nüchternen Beurtheilung der Verhältnisse in einem
neuen Lande überhaupt und in Australien insbesondere verhindert
wurden. Wie sollten die gewöhnlichen Auswanderer die Bedeutung
des Schrittes erkennen, wenn selbst die Führer so unklar waren?
Ueber einzelne Mißstimmung erregende Zustände der alten Welt ver-
gißt der Europamüde die großen Schätze, welche die Civilisation im
Laufe der Jahrhunderte rings um ihn aufgebaut, welche dem Leben
tausend Reize leihen, die aber, weil sie sich täglich wiederholen, erst

mit dem Verluste in ihrer ganzen Bedeutung geschätzt werden. Wenn-
gleich schon kraftlos, sich über diese, ihn gewöhnlich persönlich wenig
berührenden Zustände zu erheben, glaubt er sich stark genug, gegen
unbezähmte Elemente, Hindernisse der Natur, des Bodens und des
Klimas, in völlig neuen socialen Ungebungen, beschränkt auf sich
selbst, die Muskeln seiner Arme und das erschlaffende Monotone des
ewigen Einerlei, bei völliger Entbehrung alles dessen, was die alte
Welt selbst bei geringen Mitteln an täglichen Genüssen darbietet,
seine volle Befriedigung zu finden, wenn er die Art an den Urwald
legt! Den Urwald zu lichten, die Gränzen der Civilisation weiter zu
schieben und dabei Zufriedenheit zu finden, reichen die Sehnen eines
an die Behaglichkeit des Lebens der gebildeten Stände in Europa
Gewöhnten gar wenig aus. „Das Leben in den Colonien entbehrt
der Romantik gar sehr," eine einfache, alte Wahrheit, ihrer Einfachheit wegen aber schwer zu begreifen, weil es einmal das Geschick
des Menschengeschlechts zu sein scheint, Wahrheiten um so schwerer
zu erkennen, je einfacher sie sind. Die Nüchternheit des Colonisten-
Lebens mußte aber vollends die romantischen Köpfe in Australien
enttäuschen. Statt der erwarteten, üppigen tropischen Vegetation,
statt Cocus und Bananen und die hundertfachen Produkte des südlichen Klimas anderer Länder fand man ein tristes Land — arm
an Pflanzen, arm an Früchten, arm an Thieren — einförmig, im
Osten, wie im Westen, im Norden, wie im Süden dieselben blattleeren
Baumarten, die traurigen Casuarinen und Eucalypten, und derselbe
vorstechende Charakter der Pflanzenwelt (Gräser), mit Ausnahme des
Frühjahrs, wenn die Akazie Farbenpracht und Duft durch die Land-
schaft verbreitet, düster, wenn die Hitze des Sommers das Pflan-
zenreich versengt, im Winter der Regen das Land versumpft. Selbst
der erquickende Anblick der einzelnen fruchtbaren Oasen ist nicht dauer-
haft, weil Marschen, Sand und felsigtes Gestrüpp sie vielfach ein-
engen und durchbrechen. Auch der Jäger, welcher Ersatz für seine
Mühen in der Jagd zu finden hoffte, mußte sich schmerzlich getäuscht
sehen. Kein Continent hat eine kärglichere Thierwelt als Australien,
wo außerdem in der Nähe der Hauptstädte Sydney, Melbourne,
Adelaide ꝛc. das einzige, der Jagd würdige Thier des Landes,
das Känguru, schon eine nicht geringere Seltenheit ist, als in den
Hauptstädten Europa's. — Unter diesen Herren befand sich aber
wohl kaum Einer, welcher sich nicht vor der Abreise als künftigen

Besitzer ausgedehnter Länderstriche träumte, in deren Mitte er dereinst
residiren werde, wie ein kleiner Fürst im Heimathlande. Sie hätten
sich schon damals aus dem in Deutschland vorhandenen Material
über Australien überzeugen können, daß in keinem neuen Lande der
Landerwerb schwieriger ist, als in Australien, wo die systematische
Theuerung des Bodens als ein Hebel zu dessen Bebauung mit großem Erfolge angewandt wurde, daher dort der Landerwerb bei dem
Minimum-Preise von 1 L. per Acker (1⅓ Magd. Morgen) um das
vierfache erschwert ist, wie z. B. in der nordamerikanischen Union.
Zur erfolgreichen Bebauung einer Sektion von **80** Acker Urland
bedarf es bei den größten körperlichen Anstrengungen eines Anlage-
Kapitals von **3500** Thalern, eine Summe, welche gewiß hinreichen
würde, in Theilen der östlichen Provinzen unserer Monarchie unter
geringeren Entbehrungen und gleichen Anstrengungen dasselbe zu
erreichen. Der bei weitem größere Theil der Auswanderer von **1849**
hatte aber auch selbst diese Summen nicht zu seiner Verfügung.
Alle sahen also die weiten Besitzungen ihrer Träume auf eine mäßige
Sektion von **80 — 40** Acker freien Eigenthums oder Pachtgutes
schwinden, das idyllisch-romantische Bild des großen Plantagen-Be-
sitzers wich vor der erschlaffenden Arbeit eines im Schweiß sich ba-
denden Landbauers, Anstrengungen, welche für sie im Laufe der
Zeit gleich zerstörend auf Körper und Geist wirken müssen.

Das Haupt-Fundament der australischen Colonien sind prinzipiell
Arbeiter und Capitalisten, Besitzende und diejenigen, welche mit ihrer
Hände Arbeit den Besitz verwerthen. Intelligenz kommt nur so weit
in Betracht, als sie beiden zur Seite steht — eine Intelligenz, welche
nicht unmittelbar finanziell produziren kann, ist fast werthlos und
gewöhnlich unrettbar verloren. Eine so einfache, aus der Natur der
Verhältnisse, wie dem Wesen der jetzigen Verwaltung derselben durch
das Mutterland sich sofort ergebende Thatsache, daß die vielen war-
nenden Beispiele, welche unter dieser Klasse von Einwanderern in
den australischen Colonien aufgezählt werden könnten, nicht mehr
hätten nothwendig sein sollen, diese Europamüden aus ihrer empfind-
samen Sentimentalität auf zu rütteln, sie mit den, wenn auch nicht zu-
friedenstellenden, für sie immer doch relativ goldenen Zuständen der
alten Welt aus zu söhnen und sie vor dem Untergange zu bewahren,
dem ihr zu weit verirrtes Gemüth sie entgegenführte. Die Colonie
zählte gegen das Ende **1848** vierzigtausend Bewohner. Nach Abzug

der Frauen, Kinder, Beamten und Capitalisten kaum mehr als **15000**
Arbeiter. Der damals so unerwartet rasch sich ausdehnende Berg=
bau und die Capitalien, welche in der Industrie, Landwirthschaft
und Viehzucht durch ihn in der Colonie in Bewegung gesetzt wurden,
ließen großen Mangel an arbeitenden Kräften empfinden. Der Ruf
nach Arbeit, welcher von Adelaide herüberschallte, hatte im folgenden
Jahre **1849** eine Einwanderung zur Folge, daß sie die stärkste der
frühern Jahre fast um das dreifache überstieg, so daß sich innerhalb
des genannten Jahres neben **4000** deutschen Einwanderer eilftausend
aus Großbrittannien und Irland auf das beschränkte Territorium
von Adelaide zusammendrängten. Herabgedrückter Arbeitslohn, Theue=
rung der Lebensmittel, erhöhter Preis der Ländereien, Geräthschaften,
Wohnungen ꝛc. waren die unausbleibliche Folge. Schon seit der
Gründung der Colonie hatte man bemerkt, daß sich zu viele Gebil=
bete (Gentlemen) ohne Mittel derselben zuwandten, denen es schwer
wurde, eine ihrer Bildung angemessene Stellung zu finden und als
letzte Zuflucht zum Hirtenstab greifen mußten. Im Jahre **1849**
war gerade diese Klasse von Einwanderern stärker als früher. Die
Deutschen dieser Gattung, welche sich zuvor im Vaterlande kaum in
weitern Kreisen als den engen, scharf bezeichneten Gränzen ihres
Berufes bewegt hatten, sahen sich plötzlich ohne Kenntniß der Sprache
auf das wogende Treiben einer spekulativen, raffinirten, in allen
Erwerbszweigen überschwemmten und bei alle dem ihnen völlig frem=
ben Welt geschleudert und inmitten des Strudels auf sich selbst be=
schränkt. Die größere Mehrzahl mußte schon sofort bei der Landung
muthlos werden. Was sollen dort mittellose deutsche Offiziere ohne
andere praktische Kenntnisse, da die australischen Colonien noch lange
keine Infanterie und Cavallerie bedürfen, sich gegenseitig planmäßig
zu zerstören, wie etwa die Republiken von Central= und Süd=Ame=
rika? Was sollen Aerzte in einem Lande, dessen Klima das beste
in Europa anerkannter Maaßen bei weitem an Gesundheit über=
trifft, wo jedes englische und die meisten deutschen Auswanderer=
schiffe einen Arzt an die Küsten setzten, bei einer großentheils durch
weite Distrikte zerstreuten, sporadischen dünnen Bevölkerung? Was sol=
len deutsche Juristen, noch so bewandert in Landrecht und Strafcober,
angesichts des Labyrinthes der englischen Gesetzgebung, des endlosen
Formenwesens und der verschlagenen Kunstgriffe englischer Advokaten,
auch wenn die Sprache kein Hinderniß mehr sein sollte? Was sol=

len Bildhauer, Handlungsdiener, Verwaltungsbeamte, Theologen und
Philologen? Die Baukunst in einer neuen Colonie beschränkt sich
auf Häuserbauten, die gewöhnlich keine bedeutende architektonische
Kenntniß erheischen. Der Handel, wie er durch die Produktion und
Consumtion von **60,000** Menschen ermöglicht wird, übersteigt die eigenen Kräfte des Kaufmanns nicht, um sein Conto durch Fremde
führen zu lassen, das Prinzip des Self-Government läßt in der Verwaltung nur wenige Stellen, und diese wenigen sind mehr als nothwendig durch Engländer beansprucht und besetzt; die Gemeinden sind
in Australien vermöge der sporadisch sich ausbreitenden Bevölkerung
schwer zu bilden, und der Philologe wird in einer mühselig zusam-
mengebrachten Dorfschule kein geeignetes Auditorium für die kostba-
ren Schätze seiner classischen Formen und Etymologieen finden. Und
doch waren es gerade diese Klassen, welche damals vor Allen auf
Süd-Australien ihre Hoffnung gründeten. Außer ihnen strömten aber
eine große Zahl Anderer herbei, die sich hier in Deutschland keinem
bestimmten Berufe gewidmet hatten, um so weniger also sich bewußt
sein konnten, was sie gerade an die australischen Küsten trieb. Wie
es seit langer Zeit in der Union bemerkt wurde, so waren auch hier
gerade diese Auswanderer, welche vermöge ihrer Bildung am reiflich-
sten den großen Schritt erwägen, aus dem reichen, in Deutschland
vorhandenen Material über die Zustände der neuen Länder sich unter-
richten und am wenigsten sich täuschen sollten, von einem herben
Loose getroffen. Es treten aber in Australien noch einige Momente
hinzu, welche die dortigen Colonien besonders für diese Art Auswanderer noch weniger geeignet erscheinen lassen. Die Staaten sind
die jüngsten in der Kette der brittischen Besitzungen, die Bevölkerung,
über ein großes Territorium des süd-östlichen Continentes verbreitet,
zersplittert sich als Squatters durch die Ebenen und lichten Wal-
dungen. Nur an dem Küstensaum entwickeln sich vereinzelte Punkte,
in denen die Maschine des socialen Lebens eine zusammengesetztere,
den Verhältnissen der alten Welt analoge zu werden beginnt, wie
in Adelaide, Portland, Geelong, Melbourne ꝛc. Das große Ganze
ist nur auf Viehzucht, Woll-Produktion, in Süd-Australien auf den
Pflug und die Art des Bergmanns angewiesen; nur die jüngsten
Entdeckungen in den Gold-Regionen von Victoria können einen entschiedenen Einfluß auf die raschere Ausbildung des socialen Lebens
in den betreffenden Distrikten ausüben. Angesichts dieser einfachen

Basis der Colonieen mußte jeder Einwanderer, welcher weder Capitalist ist, noch zum Hirtenstabe, zum Spaten des Landbauers oder
zur Hacke des Bergmanns greifen wollte oder konnte, hier ungleich
schwierigere Zustände finden, sich eine seinem Bildungsstande angemessene Stellung zu schaffen, als in den bereits mehr entwickelteren,
in größerem gegenseitigen Verkehr stehenden, dichter bevölkerten Staaten
der Union. Seine Muskeln und seine Selbstverleugnung reichen
aber für die Art des Bergmanns und die Einsamkeit eines Hirten-
lebens gar wenig aus; Reichthümer sind durch beide auch nicht zu
gewinnen, so bedeutend immer der Lohn an und für sich ist, weil
die Theuerung der Bedürfnisse des Lebens, sobald sie das nothwen-
digste Maaß überschreiten, Ersparniß nicht wohl zuläßt. Es blieb so
nach nur noch der Pflug übrig, — für jeden, der an die Behaglich-
keiten der gebildeten Stände der alten Welt gewöhnt war, ein dor-
nenvoller, langsamer und einsamer Weg zur Sicherstellung der Existenz
und zur Erzielung eines bescheidensten Maaßes jenes Comforts, der
in den frühern Verhältnissen so schnöde von sich gestoßen. Der Boden, den er mit seinem Schweiße zu düngen hat, lohnt die Mühen
gewiß durch reiche Ernten und giebt bald die nothwendigen Bedürfnisse des Lebens. Bei der isolirten Lage Australiens, der großen
Entfernung von den auswärtigen Märkten, auf denen die Produkte
der dortigen Landwirthschaft vortheilhaft verwerthet werden könnten,
ist eine Ausfuhr derselben sehr erschwert, sie sind daher nur auf die
einzelnen Städte und die Bewohner des Busches wesentlich beschränkt.
Im Verhältniß zur Theuerung aller übrigen Bedürfnisse sind daher
die Produkte der Landwirthschaft sehr niedrig im Preise. Der jetzige
Gouverneur von Süd-Australien berichtet daher nach England, daß
ihm in der ganzen Colonie kein Landbesitzer bekannt sei, welcher mit
fremder Arbeit seine Felder bebaue und sein Capital dabei vortheilhaft
verzinse *). Wie in Amerika ist auch in Australien der Ackerbau
für denjenigen, welcher auch in Europa an starke körperliche Anstrengung gewöhnt war, ein Mittel zur Sicherstellung der Bedürfnisse

---

*) Emigration to this Colony is not equally profitable to persons with-
out capital and unaccustomed to manual labour. Gentlemen – agricul-
turists have very seldom, if ever, proved a thriving class. Gentlemen sheepfarmers are at this moment much distressed by the low price
of wool as one probably among other causes. Depesche v. 30. Januar 1849.

des Lebens, für den arbeitsamen Armen sogar ein Mittel zu relativem
Wohlstand — für den Gebildeten ein schweres Loos, das große
Kraft des Körpers wie des Geistes erfordert, ihm nicht zu erliegen.
Zieht man hierbei den unpraktischen Sinn in allen materiellen Fragen,
welcher bei aller Tiefe der Reflektion und Theorie die deutsche Nation
auszeichnet, gegenüber dem durchaus praktischen Sinne der alt=säch=
sischen Raçe in Erwägung, welche alle Gebiete des Erwerbes, auf
dem das Naturell seines eigenen Stammes ihn nicht verläßt, mit
Capital und unerschöpflicher stätiger Arbeitslust beherrscht, so wird
der gebildete Deutsche, welcher ohnehin vermöge seiner Erziehung den
materiellen Fragen ferner steht, vollends in schwieriger Lage sich fin=
den. Nur Wenigen unsers Stammes ist ein so stählernes, dabei
elastisches Naturell verliehen, auch in solchen Verhältnissen sich zurecht
zu finden und dabei die geeignete Bahn thatkräftig zu verfolgen. In
einem englischen Auswanderungs=Catechismus steht zu lesen: Fr.:
„Was ist auswandern?" Antw.: „Austausch eines alten Landes
gegen ein neues." Fr.: „Was heißt colonisiren?" Antw.: Aus=
tausch von Armuth und Elend gegen Wohlhabenheit und
Comfort." — Gewiß eine verlockende Wahrheit, und doch wiederum
eine so große Unwahrheit. Die Resultate einer erfolgreichen
Colonisation sind unzweifelhaft im Allgemeinen Wohlhabenheit und
Comfort, zwischen beiden aber liegt der Akt des Colonisirens,
ein langer mühevoller Weg, auf dem nicht Wenige ermattet erlie=
gen, noch ehe sie lange das Ziel erreichten. Colonisiren ist gleichbe=
deutend mit dem Bruche mit Allem, was die alte Welt an Comfort
darbot, es ist ein Kampf gegen hundertfache Hindernisse, um oft
besiegt zu werden, ohne zu verzagen, sich immer von Neuem auf zu
raffen, unverzagten Muthes den Kampf abermals zu beginnen, um
endlich zu siegen, dann neue Unternehmungen, neue Hindernisse zu
finden, abermals nach langem Ringen die Oberhand zu gewinnen
und so auf Jahre hinaus nimmer zu rasten, bis endlich die Wohl=
habenheit beginnt und mit ihr allmälig der Comfort sich einstellt.
Wer unter den Gebildeten Kraft besitzt, einen solchen Weg zurück
zu legen, eben im Ankämpfen gegen Hindernisse selbst seine Befriedi=
gung findet — er mag sich in das Urland der neuen Welttheile
stürzen und sich das Bewußtsein schaffen, daß auch er zur Verbrei=
tung der Cultur durch die Welt thätig ist. Wer aber daheim mit
dem Geiste arbeitete und die tausendfachen Reize im behaglichen socialen

Leben Europa's lieb gewonnen — er lasse die Hand vom Pfluge, und bleibe daheim, damit er nicht einen Schritt verwünschen müsse, der ihn in Verhältnisse geschleudert, in denen er Alles vermissen, was ihm das Leben angenehm gestalten, und in denen er zum Dank für diese Entbehrung Alles finden soll, was das Leben ihm an Müh= seligkeiten aufbürden kann, und ihn schon vielleicht nach kurzer Zeit erdrückt. Nach dieser einfachen Betrachtung muß man erwarten, daß die Berichte über Süd=Australien eben so einander widersprechend lauten mußten, als die Persönlichkeiten der Auswanderer für die Verhältnisse der Colonie sich eigneten oder nicht. Zwar landete kaum ein deutsches Schiff in Port Adelaide, dessen Einwanderer sich bei ihrer Landung nicht gänzlich getäuscht gesehen hätten. Sie fühlten früher aber die Nothwendigkeit, sich den Verhältnissen zu fügen und sie wurden dadurch im Laufe der nächsten Jahre mit den Ergebnissen ihrer Händearbeit zufriedengestellt. Nicht so sehr gelang dieses den Einwanderern von **1849**, und ihnen ist wohl wesentlich der Rück= schlag zu zu schreiben, der in der öffentlichen Meinung in Deutschland über Australien eingetreten ist. Unter diesen steht die Berliner Aus= wanderungsgesellschaft unter Anführung der Gebrüder Schomburg obenan. Sie bestand aus **180** Köpfen, vertrat alle Klassen der Gesellschaft, besaß ein Kapital von **60,000** Thalern, und beabsich= tigte im Anfange, eine geschlossene Niederlassung mit socialistischen Tendenzen zu gründen, welcher Plan indeß später aufgegeben wurde. Sie spannte, ungeachtet sie aus der Hauptstadt der Intelligenz sich in Bewegung setzte, ihre Hoffnung um so höher, als sie mit den allgemeinen Verhältnissen Australiens und insbesondere Süd=Austra= liens völlig unbekannt zu sein schien. Die Schicksale eines großen Theiles dieser Auswanderer waren daher in der That sehr herbe. Damals hatte sich der jetzige Berliner Central=Verein für die Aus= wanderungs= und Colonisations=Angelegenheit noch nicht gegründet — es würde der beste Beweis seiner erfolgreichen Thätigkeit sein, wenn ähnliche Calamitäten sich von jetzt ab nicht wiederholen.

Schon früher ist gezeigt, wie bei der so ungewöhnlich früh er= zielten Selbstständigkeit und stets zunehmenden Prosperität dieses 15jährigen Staates die ersten deutschen Colonisten kein geringes Ver= dienst sich erworben haben, jene altlutherischen Gemeinden und die Farmer, welche sich in der Mitte des letzten Jahrzehnts eingefunden hatten. Ihre blühenden Besitzungen erregen die Bewunderung Je=

dermanns und bilden einen vortheilhaften Contrast gegen diejenigen der englischen, irischen und schottischen Landbauer. Sie lebten größtentheils in der Heimath in den drückendsten Verhältnissen, unter denen sie selbst bei der härtesten Arbeit ihr Leben kaum fristen konnten, und erfreuen sich jetzt einer immer zunehmenden Wohlhabenheit. Ihnen zunächst stehen die Handwerker in Adelaide und den übrigen Städten des Landes; auch unter ihnen ist der bei weitem größte Theil zufrieden und hat sich eine bessere Existenz gegründet, als es ihm in Europa möglich war. Diesen schließt sich die ganze sogenannte arbeitende Klasse im weitesten Sinne des Wortes an, welche in der alten Welt am wenigsten Aussicht auf Verbesserung ihrer Lage hat, außerdem von den feinern Genüssen nur wenig gekostet, an harte Arbeit und Entbehrung von Jugend auf sich gewöhnt hat und trotz aller Anstrengung doch keine gesicherte Existenz für sich und ihre Familien gewinnen konnte. Wenn nun schon unter allen diesen Klassen der Eingewanderten Unzufriedene sich finden, häuft sich ihre Zahl unter den eingewanderten Kaufleuten, Aerzten, Gelehrten, Künstlern und Offizieren in steigender Progression, „unter denen Manche in der glänzendsten Lage sind, während Andere nur eben ihr Leben fristen, und die Colonie und ihren Entschluß, Deutschland zu verlassen, verwünschen." Die Bemerkungen und Beobachtungen, welche zwei in Deutschland veröffentliche Berichte aus Süd-Australien, von denen der eine*) zwar unfähig die Verhältnisse im Allgemeinen zu überschauen, nach den persönlichen Begegnissen des Verfassers die allgemeinen Zustände Süd-Australiens auf das ungünstigste schildert, der andere**), von R. Reimer in Adelaide verfaßt, von mehreren zuverlässigen Deutschen in Süd-Australien bestätigt, den vielfachen übertriebenen ungünstigen Berichten mit Recht entgegentritt und sich an die thatsächlichen Zustände der Colonie hält, sind dieselben, welche schon seit vielen Jahren bis auf den heutigen Tag die jährliche Auswanderung nach der nordamerikanischen Union hervorgerufen hat, seit Jahren wiederholt werden, aber allen Auswanderern immer noch neu bleiben. Sie mögen auch hier wieder eine

*) Meine Auswanderung nach Süd-Australien und Rückkehr zum Vaterlande, von G. Listemann. Berlin 1851.

**) Süd-Australien. Ein Beitrag zur deutschen Auswanderungsfrage. Berlin 1851.

Stelle finden, weil solche Warnungen nicht häufig genug wiederholt
werden können, um so viel wie möglich die Schwierigkeiten des Co=
lonial=Lebens immer wieder vor die Seele zu rücken. Reimer sagt
S. 28.: „Die Verwünschungen und Klagen derjenigen, die theils
durch übertriebene Schilderungen der Vorzüge der Colonie, theils
durch die glänzenden Bilder, die ihre Phantasie selbst nach wahrhaften
Berichten sich entworfen, hierher gekommen und sich in ihren Erwar=
tungen bitter getäuscht sehen, machen uns auf die große Verantwor=
tung aufmerksam, welche der Verfasser eines für die Oeffentlichkeit
bestimmten Berichtes, wie der vorliegende übernimmt. Aus dieser
Betrachtung entspringt die erste Warnung, die wir jedem, der an Aus=
wanderung denkt, recht ans Herz legen möchten: Wer in seinem
Vaterlande eine gesicherte Existenz hat, der sollte sie ohne
die wichtigsten Ursachen nicht aufgeben.“

„Die politischen und socialen Zustände der alten Welt überhaupt
und unsers deutschen Vaterlandes insbesondere haben einen so all=
gemeinen Einfluß auf die Privat= und Vermögens=Verhältnisse fast
jedes Einzelnen, daß die Auswanderung in so unruhigen Zeiten wie
die gegenwärtigen, in Tausenden und Hunderttausend erwacht. Stö=
rungen in den langgewohnten und lieb gewordenen Zuständen des
gewöhnlichen Lebens führen ein Gefühl des Unbehagens, der Un=
sicherheit herbei, und statt sich in geringe Unannehmlichkeiten zu schicken,
wird der Knoten mit einem Streich durchhauen: dem Aufgeben des
Vaterlandes. Dazu kommt, daß in der Idee des Suchens einer neuen
Heimath ein großer Reiz liegt; romantische Vorstellungen von einem
abenteuerlichen Leben in einer üppigen Natur ohne materielle Sorgen
haben schon Manche zum Auswandern verlockt, die ihren Entschluß
später bitter bereut haben. Wir können versichern, daß das
Leben in einer jungen Colonie, weit davon entfernt ro=
mantisch zu sein, gar sehr der Poesie entbehrt. Harte Ar=
beit, Entbehrung der gewöhnlichsten Bequemlichkeiten des Lebens und
der Annehmlichkeiten der Gesellschaft erwarten fast jeden Einwan=
derer. Wer ohne sich dieses klar zu machen ausgewandert ist, der
that sehr Unrecht, wenn er, wie es häufig geschieht, seinem neuen
Vaterlande zum Vorwurf macht, daß er das nicht findet, was
er hätte erwarten sollen. Eben so sehr, als wir nach dem Obigen
der arbeitenden Klasse die Auswanderung nach Süd=Australien an=
empfehlen können, eben so sehr müssen wir Künstlern, Gelehrten und

jungen Leuten, die auf dem Comtoir zu arbeiten gewohnt waren, abrathen, hier ein Unterkommen zu suchen. Die tägliche Erfahrung lehrt, daß gerade diese Klasse mit den übertriebensten Erwartungen hier ankommt und sich am bittersten getäuscht sieht. Wir haben im Busch manchen jungen Mann Schaafe hüten oder an einer Mine Steine klopfen sehen, den Vorstellungen an schnell zu erwerbendem Reichthum oder von Unabhängigkeit im sorglosen, abenteuerlichen Leben aus einer seiner Erziehung und seinen Kenntnissen angemessenen Stellung in seinem Vaterlande gerissen hatten, und der jedes Opfer zu bringen, auch die härtesten Bedingungen ein zu gehen bereit ist, wenn ihm die Mittel dargeboten würden, in dasselbe zurück zu kehren. Die wenigen Ausnahme-Fälle, in welchen Einer oder der Andere, besonders vom Glück begünstigte, eine Stellung als Commis in einem Geschäft gefunden, bilden ein schlechtes Gegengewicht gegen die hundert traurigen Beispiele des Mißglückens." —

Herr Listemann läßt sich Seite 76. seiner Reisebeschreibung folgendermaßen aus:

„Ich habe in Adelaide junge Leute mit Kenntnissen und Unternehmungsgeist angetroffen, die dennoch nur kümmerlich ihr Leben fristeten. Bald waren sie Unterhändler, bald Colporteure und Subscribentensammler, bald liefen sie herum, um für Andere Schulden ein zu cassiren, bald fingen sie dies, bald jenes an, und nirgends zeigte sich ein dauernder Erwerbszweig. Endlich bleibt ihnen doch nichts weiter übrig, als in den Busch zu gehen, d. h. außerhalb der Stadt Arbeit zu suchen, und wohl ihnen, wenn sie noch als Schäfer, Ochsentreiber, Hutkeeper (Stationsknechte) u. dgl. unterkommen. Die schwerern Arbeiten des Land- und Bergbaues können sie ihrer Körperlichkeit wegen nicht unternehmen, ein Handwerk haben sie nicht erlernt, was bleibt ihnen übrig, als etwas zu ergreifen, dem einigermaaßen ihre Kräfte gewachsen sind.

Man wundere sich nicht zu hören, daß Candidaten der Theologie in Australien wirkliche Schaafheerden weiden, Doktoren der Medizin in ähnlicher Eigenschaft sich mit der Heilung ihrer grindigen Patienten abmühen, oder statt des Secirmessers das Schlacht- oder Küchenmesser führen; Apotheker nicht in der lateinischen Küche arbeiten, sondern Beef und Mutton (Rind- und Hammelfleisch) für ihre hungrigen Gefährten zubereiten, oder als Mauer-Handlanger (oft scherzweise der gebildetste Stand in Adelaide genannt) Kalk

löſchen und Mörtel einrühren; Maler froh ſind, wenn ſie ſtatt Schil=
dereien an zu fertigen, Zimmerwände anſtreichen können, Bildhauer
Steine klopfen, Lithographen an Kupfererzen arbeiten; frühere Dan=
dys und Lions Ochſen treiben und ſtatt der faſhionabeln Reitgerte
die gewichtige Ochſenpeitſche führen, und einſt elegante Commis mit
dem Korbe am Arm von Haus zu Haus laufen, um Wurſt ab zu
ſetzen, oder mit einigen Pfunden Kaffe, Reis und Zucker in der
Taſche ein Material=Geſchäft betreiben. Hier begegnet ihr einem ehe=
maligen Huſarenlieutenannt; er trägt an einem um den Hals ge=
ſchlungenen Riemen einen Kaſten und bietet euch Bonbons, Seife und
verſchiedene Toiletten=Gegenſtände an; dort ſehet ihr einen frühern
Küraſſierlieutenant, er hat in einer deutſchen Apotheke Beſchäftigung
gefunden, und ſeine langen Beine kommen den Kranken zu gute,
ſie werden raſcher mit Medizin verſorgt; ein dritter, früher der Garde
ſich zuzählend, verrichtete die Dienſte eines Haus= und Küchenmäd=
chens, während ein vierter der Sohn eines Generals, ſich genöthigt
ſieht, auf die Gefahr hin, ſeine gerade Haltung zu verlieren, ſich dem
Rajolen des Ackers zu unterziehen. Ich könnte für alle dieſe Fälle
Namen anführen, unterlaſſe es jedoch, um die in Deutſchland leben=
den Verwandten nicht ſchmerzlich zu berühren ꝛc." *). Man kann
ſich daher nicht wundern, eine nicht unbeträchtliche Zahl der Deut=
ſchen in Adelaide ſelbſt auf einer Stufe moraliſcher Verſunkenheit zu
finden, bei deren Gedanken allein ſchon ſie vor der Auswanderung
zurückſchauderten, und wenn gerade die Deutſchen in der Colonie
diejenigen ſind, welche ſich vorzugsweiſe gegenſeitig mit Mißtrauen
begegnen. Eine Colonie als ſolche iſt der natürliche Sammelplatz

---

*)-Um hieſelbe Zeit berichtete die „Times:" „Die deutſchen Flüchtlinge in
London befinden ſich in einem jämmerlichen Zuſtande, — aber die Berichte, welche
wir über ihre Landsleute erhalten, welche freiwillig nach Auſtralien ausgewandert
ſind, lauten nicht weniger kläglich. Doctoren der Philoſophie, Schriftſteller, Be=
amte und Söhne adlicher Familien ſind glücklich, wenn ſie beim Steinklopfen
an der Straße Beſchäftigung finden, weil das noch die beſtbezahlte Arbeit für
Leute iſt, die nicht zu arbeiten gelernt. Viele von den deutſchen Auswanderern
gehören zu denjenigen Klaſſen, die vor allen am wenigſten für die harte Arbeit
geeignet ſind, welche eine junge Colonie fordert; wenige Menſchen können hülf=
loſer ſein, als ein deutſcher Beamter oder Literat, die plötzlich in ganz neue Ver=
hältniſſe geſchleudert werden, und dennoch ſind ſie die unzufriedenſten unter der
Bevölkerung Deutſchlands. Die deutſchen Ackerbauer und Handwerker dagegen
kommen beſſer fort, als die der meiſten andern Nationen."

von Abenteurern jeglicher Gattung, „Gewinn" das alleinige Losungs=
wort Aller — das „Wie" bleibt dem Einzelnen und seinem Er=
messen anheim gegeben. Daher sind der raffinirte Betrug und die
ganze Reihe schaam= und ehrloser Wege zum Gelderwerb keine Sel=
tenheiten. In der Colonie ist wiederum die Hauptstadt der natürliche
Sammelplatz der Abenteurer, und Aller, welche bei den Unterneh=
mungen im Lande keinen Erfolg und häufig das eingeführte Vermögen
bereits durch Unkenntniß der dortigen Zustände verloren hatten. Auf
dem Lande, im Busch, an den Minen mit der einzigen Ausnahme
an der Burra, ist die tägliche Erwerbsthätigkeit zu einfacher Art,
und die Bevölkerung zu sehr vereinzelt, um Individuen dieser Art
ein ergiebiges Feld zu eröffnen. Die ungünstige Meinung, welche
sich unter den englischen Bewohnern Süd=Australiens über die Deut=
schen in Adelaide gebildet hat, wurde noch besonders durch die zur
Schau getragene politisch=radikal=demokratische Parteileidenschaft ge=
stärkt; bei allem Unabhängigkeitssinn von der Regierung in England,
durch den sich die Bewohner einer englischen Colonie auszeichnen, und
bei dem sichern Gefühl, daß dereinst die australischen Colonien eine vom
Mutterlande unabhängige Union bilden werden, herrscht doch noch in
allen einflußreichen Kreisen ein unerschütterlich loyales Gefühl ge=
gen die Krone, und Blasphemien gegen diese sind nur geeignet, tie=
fen Ekel zu erregen. Doch eine dreijährige harte Erfahrung wird
sie gemäßigt und mit den realen Zuständen einer menschlichen Ge=
sellschaft ausgesöhnt haben; die Meisten von ihnen werden sich ge=
fügt haben in die unabänderliche Lage, um durch erhöhte Anstren=
gungen die getäuschten Hoffnungen zu vergessen. Für den übrigen
verkommenen Theil der Deutschen in Adelaide werden die reichen
Goldentdeckungen in dem benachbarten Victoria ein besseres Obdach
schaffen, d. h. hoffentlich sie nach Melbourne führen, wo sie bei dem
hohen Preise menschlicher Muskelkraft Mittel und Wege finden kön=
nen, ihr Loos zu einem bessern zu gestalten. Hoffentlich werden dann
auch aus dem deutschen Viertel in Adelaide die Namen „langer Jam=
mer," „kurzer Jammer," „deutscher Jammer," „Rosenjammer,"
„hohes Elend" 2c., mit denen man die deutschen Familien=Armen=
häuser bezeichnet hat, bald gänzlich verschollen sein. Nicht die ein=
gewanderten Städter waren es, sondern die Landbewohner, welche
den deutschen Namen in Australien zu so hohen Ehren brachten.
Ihr Ruhm ist ungeachtet des Treibens der letzteren ungeschmälert.

Noch immer sieht man in dem deutschen Landbauer den geeigneten Colonisten, den Ackerbau dahin zu verpflanzen, wo er sich bis jetzt noch nicht entwickelte. Die Ufer des Murray, die Seen Victoria und Albert und der **70** Meilen langen Lagune Coorong sind bis jetzt noch nicht bebaut. Um sie für den Verkehr gewinnen zu können, hielt man das einzige erfolgreiche Mittel, die Errichtung deutscher Ansiedlungen an verschiedenen Punkten für unerläßlich. Noch im vorigen Jahre gründete die Mount-Remarkable-Gesellschaft **200** Meilen nördlich von Adelaide an der Spitze des Spencer-Busens mit Deutschen aus Adelaide zum Betriebe des Ackerbaues eine Niederlassung in den fruchtbaren Thälern jenes von den übrigen Distrikten der Colonie durch dürre Steppen abgeschnittenen, isolirten Territoriums. Die übrigen australischen Colonien sehen nach wie vor in der Einwanderung deutscher Ansiedler (Ackerbauer) das einzige Mittel, geschlossene Ansiedlungen in größerer Zahl zu schaffen, als bis jetzt in Australien sie sich bildeten. —

Die Deutschen in ihrer Gesammtheit sind leider weit entfernt, selbst in der Entfernung von **4000** Meilen von ihrem Vaterlande, umgeben und eingeschlossen von einer fremden Nationalität, ein gemeinsames nationales Gefühl als ein sie alle an einander kettendes Band zu besitzen. Wo immer Deutsche sich hinwenden, die Disharmonie klebt sich an ihre Sohlen: Aus verschiedenen Theilen Deutschlands zusammengebracht, von den heterogensten kirchlichen und politischen Ansichten, in den verschiedensten Lagen des Lebens verhalten sich die einzelnen Theile durchaus centrifugal zu einander. Zwar gehört die Gesammtzahl der Deutschen mit nur wenigen Ausnahmen dem evangelischen Norden von Deutschland an, Hannover mit den Hansestädten, Holstein, Mecklenburg, Pommern, Brandenburg, und besonders Schlesien, wenige Westphalen, so daß die große Kluft, welche zwischen dem Norden und Süden Deutschlands nicht allein im Heimathlande für immer gezogen zu sein scheint, hier sich nicht bemerkbar machen kann. Aber unter ihnen treten andere Gegensätze nicht minder schroff hervor. Das streng kirchliche Band der ersten Einwanderer gestaltete ihr Leben zu einem wesentlich kirchlichen, von dem die späteren Nachzüge ausgeschlossen blieben, sobald sie nicht unbedingt den eigenthümlichen Grundsätzen ihrer starren Orthodorie huldigen konnten. Die spätere Einwanderung der Deutschen nach Adelaide überstieg ihre Zahl genau um das vierfache, jene blieben

aber nichts desto weniger die Hauptgrundlage der deutschen Colonisa=
tion. Eine große Zahl zog es vor, sich ihrem Verbande an zu schlie=
ßen, um dafür Hülfe und Unterstützung zu finden, und nicht allein
in den schwierigen und wandelbaren Verhältnissen des Colonial=Le=
bens einer unsichern Zukunft entgegen zu gehen. So spalten sich
die Deutschen zunächst in zwei große Parteien. Wie jene Altluthe=
raner von einem halsstarrigen, einseitigen Dogmatismus nach ihrer
eignen Schöpfung befangen waren, war eine große Zahl der spätern
Einwanderer, vor allen den Städten Norddeutschlands angehörend,
jedes kirchlichen Sinnes baar, infizirt von den Ausschweifungen eines
irregeleiteten Rationalismus, wie er dort tief in die mittleren, selbst
unteren Klassen gedrungen ist; die Extreme mußten sich um so mehr
negativ verhalten. Aber selbst unter den orthodoxen Altlutheranern
zeigten sich im Laufe der letzten Jahre heftige Parteiungen, veran=
laßt durch dogmatisch verschiedene Auffassungsweisen ihrer verschiede=
nen Prediger. Um dieselbe Zeit, als in der Colonie die Methodisten,
Wesleyaner, Congregationalisten und Presbyterianer Sturm liefen
gegen die übermüthige Hochkirche zur Abschaffung des Gesetzes über
die Dotationen der Kirchen und Schulen aus Staatsmitteln, als
man in Deutschland Lichtfreunde, Deutschkatholiken, Altgläubige und
Römisch=Katholische im Kampfe gegeneinander sah, standen die we=
nigen deutschen Gemeinden in Australien unter Anführung ihrer
Prediger nicht minder zelotisch gegen einander im Kampfe. Man
schleuderte Flugschriften über Chiliasmus und Antichiliasmus, über
Donatistische und Novatianische Irrsale, und trennte sich endlich in
verschiedene kirchliche Verbände *). Für einen Theil dieser Rechtgläu=
bigen, Hahndorf, Langmeil ꝛc., ging dann aus diesen Kämpfen
eine Kirchenverfassung hervor, welche die Tradition völlig abstreifte,
und auf die kirchliche Organisation zurückschritt, wie sie in den ersten
Jahren des Christenthums gewesen sei. Sie sagt in ihrer Einleitung,
daß die apostolische Kirchenverfassung das einzige Mittel sei, die lu=
therische Kirche zu retten; daß so, wie Friedrich Wilhelm IV. von
Preußen die ihm von Gott gegebenen Majestäts=Rechte handhabe,
um gegen die staatliche Anmaßung des Antichristenthums Front zu

---

*) Deutschen Zeitungen zufolge haben sich die Herren endlich 1852 an das
früher ihnen zustehende Consistorium zu Breslau gewandt, und ihre Streitigkeit
definitiv zu schlichten.

machen, so sei es auch Pflicht der Kirche des Herrn, die Majestäts-
Rechte des himmlischen Hauptes zur Anerkennung zu bringen. Wie
es die Apostelzeit, wie die Waldenser, die böhmischen Brüder erkannt
hätten, bedürfe das gemeinsame Bekenntniß einer gemeinsamen Verfassung, die als der dem Geiste anerschaffene Leib dastehe. Wenn
die Kirche diese Verfassung nicht annehme, so würde sie sich in zuckende
Zerrbilder, wie in Amerika, oder in todte Orthodorie, oder in Sepa-
ratisten und Schwärmer auflösen. Die Kirchenverfassung selbst lautet:

§. 1. Christus ist das Haupt der Gemeine und sein Wort ihr Gesetz.

§. 2. Die Gemeine ist der Leib Christi, gewöhnlich Kirche genannt,
sie ist die Gemeine der Heiligen (jedoch mit Abweisung do-
natistischer und novatianischer Irrsale), sie ist die Gemeine
des lebendigen Gottes, ein Pfeiler und eine Grundfeste der
Wahrheit.

§. 3. In der Gemeine giebt es wohl Aemter, aber keine Rangord-
nung der Personen; daher stellt der Apostel Paulus die
Bischöfe und Diener nicht vor die Heiligen, sondern nach
denselben.

§. 4. In der Gemeine sind Aemter, die Gott gesetzt hat, sonst sind
alle ein königliches Priesterthum.

§. 5. Alle Gemeinen stehen als eine Theokratie in apostolischer
Gleichheit unter dem einen Haupte Christi, deren Einheit der
gemeinsame Glaube und die gemeinsame apostolische Verfassung ist. So war es mit den sieben Gemeinden, an die
Paulus schrieb, so mit den sieben in der Offenbarung Jo-
hannis. Kein Papst, kein oberster Bischof, kein Ober-Consisto-
rium u. dgl., keine Landes-, sondern eine Gotteskirche.

§. 6. Die Gemeine, mehrere oder alle, halten bei wichtigen Ver-
anlassungen Concilien. An denselben nehmen die Ortsge-
meine, eben wie einst zu Jerusalem, nebst deren Bischöfen und
Aeltesten, so wie die Abgeordneten der andern Gemeinen
Theil. Die Beschlüsse werden nicht bloß von den Bischöfen
und Aeltestenr, sondern von diesen und der ganzen Gemeine
nebst den Abgeordneten der andern Gemeinen gefaßt und
erlassen.

§. 7. Die Gemeinen einer oder mehrerer Provinzen und Distrikte
halten in erforderlichen Fällen Synoden, an denen die Orts-
gemeine nebst deren Bischöfen und Aeltesten einen thätigen

Antheil nehmen, und deren Beschlüsse wie oben §. 6. gefaßt
und erlassen werden.

§. 8. Jede Gemeine hat, so oft es die Zustände erlauben, z. B.
bei Bestrafung oder Ausstoßung eines sündigen Mitgliedes
das Recht, ja die Pflicht, Versammlungen und Conferenzen
zu halten, und Beschlüsse zu fassen und aus zu führen. Daß
die Bischöfe, Pastoren, Aeltesten, um eine solche Gemeinever-
sammlung vollständig und ihre Beschlüsse rechtskräftig zu machen, dazu gezogen werden müssen, und ohne sie, da sie nicht
bloß Beamtete, sondern auch Glieder der Gemeine sind, kein
Beschluß gefaßt werden kann und darf, versteht sich von selbst.

§. 9. Der Gemeine sind von Christo Gaben, Aemter und Kräfte
gegeben. Sie hat das Wahlrecht zu den Kirchenämtern.

§. 10. Die Gemeine hat Aelteste oder solche Vorsteher, die nicht am
Worte und an der Lehre arbeiten, so wie solche, die das
thun. Erstere heißen auch Regierer, letztere heißen Bischöfe,
Aelteste, Hirten.

§. 11. Die Kirchenzucht erstreckt sich über alle Mitglieder, ohne Ansehn des Ranges, Alters und Geschlechtes.

§. 12. Die Kirchenzucht muß dem Worte Gottes gemäß geübt werden, und beginnt mit der Ermahnung entweder unter vier
Augen zwischen Bruder und Bruder, oder unter Umständen
zwischen der Gemeine und einem ihrer Glieder, sie fährt fort
mit Ermahnung vor zwei oder drei Zeugen und endet im
Fall von Unbußfertigkeit mit Ausschließung aus der Gemeine,
auch unter Umständen mit Uebergabe an den Satan. Das
Urtheil der Ausschließung fällt die Gemeine, der Pastor und
die Kirchenältesten mit eingeschlossen. Aber der Pastor voll-
zieht es. Im Fall eine Gemeine sich weigern sollte, den un-
bußfertigen Sünder aus zu schließen, muß der Pastor zuerst an-
kündigen, es thun zu wollen und es bei fortgesetzter Wei-
gerung thun.

§. 13. Die Ausgeschlossenen werden, wenn sie Buße thun, von den
Gemeinen wieder aufgenommen. Die Handlung der Wie-
deraufnahme verrichtet der Pastor.

§. 14. Im Nothfalle werden auch solche Glieder, die nicht studirt
haben, aber vom Geiste Gottes fürs Predigtamt ausgerüstet
sind, nach vorhergegangener Prüfung zu demselben ordinirt.

Es muß aber die Kirche für Prediger-Seminare Sorge tragen, wo tüchtige Leute jedes Standes und Alters zum heiligen Predigtamte ausgebildet werden können.

Langmeil im April **1848**. —

Die übrigen Deutschen hegen keinen so hervorragend kirchlichen
Sinn, nur mit äußerster Mühe wurden unter ihnen einzelne Gemeinen zu Adelaide und Tanunda gestiftet. An beiden Plätzen entstanden deutsche Kirchen für freisinnigere Einwanderer. Die Pfarrer
konnten indeß nur nothdürftig durch milde Gaben unterhalten werden. Dort ist der Pastor Kappler aus Weißenburg, hier der bekannte Volksschriftsteller Mücke zum Pastor erwählt.

Zu diesen kirchlichen Streitigkeiten treten noch andere Uebelstände
gewichtigerer Art, die Ausbildung eines geeigneten Gemeinsinnes
unter den Deutschen in Süd-Australien zu erschweren. In keinem
Lande der Erde entäußern die Deutschen sich leichter ihrer Sprache,
ihrer Sitten und Gewohnheiten, als da wo sie mit der anglo-sächsischen Nationalität in Berührung treten, in England, in der nordamerikanischen Union, in den brittischen Colonien. Unbewußt scheint
unter ihnen das Gefühl erregt zu werden, daß brittisches Leben
und seine altgermanischen Gebräuche im Staats- und Privatleben
mehr dem germanischen Naturell entsprechen, als die Institutionen
und die Sitten, wie sie im alten Heimathlande der Germanen sich
umgestaltet haben. Das Bewußtsein des Mangels jedes einheitlichen,
staatlichen Verbandes außerdem lastet wie ein Alp schon daheim auf
den deutschen Stämmen — die gänzliche Schutzlosigkeit und Mißachtung
des deutschen Staatsbürgers jenseits der Meere drängt ihn vollends,
sich da an zu schließen, wo ihm zu Theil wird, was ihm seine eigene
Nation nicht gewährt. Als dritter Grund tritt hinzu die gänzliche
Abhängigkeit der deutschen von der englischen Bevölkerung der Colonie. Das herrschende Gouvernement ist rein englisch, die herrschenden Capitalien auf den verschiedenen Gebieten des Handels, der
Industrie und des Bergbaues sind englische Capitalien, der große
Landbesitz und die großen Heerden sind in englischen Händen —
das deutsche Element, außerdem noch sechsfach an Zahl von der
englischen Bevölkerung überflügelt, ist das arbeitende, das abhängige.
Der freie Landbesitz der einzelnen Deutschen erstreckt sich nicht über
den Flächenraum einer gewöhnlichen Farm hinaus, in Adelaide mögen sich kaum einige deutsche Handlungshäuser ersten Ranges finden,

die Versuche, durch Associationen unter den Deutschen im nationalen Interesse Ackerbau und Bergbau in größerem Umfange mit deutschen Capitalien zu betreiben und erfolgreicher dem englischen entgegen zu arbeiten, blieben eben nur schwache Versuche. Angesichts solcher Zustände können sich Institute, welche nur aus dem Gemeinsinn Aller entspringen und Nahrung finden, sich nicht bilden oder erhalten. Lange Zeit bestand unter den Schotten der Colonie eine Association zum heiligen Andreas, unter den Irländern eine Gesellschaft zum heiligen Patrik zur Vertretung und Beförderung der Interessen der resp. irischen und schottischen Bewohner den Engländern gegenüber, noch ehe die deutsche Bevölkerung an eine ähnliche Vereinigung dachte. Als endlich mit Mühe deutsche Institute dieser Art, ein deutsches Einwanderungs-, ein deutsches Arbeitsnachweise-Bureau gestiftet, deutsche Lese- und wissenschaftliche Gesellschaften gegründet wurden, zeigten sie sich nicht lebensfähig und zerfielen trotz aller aufopfernder Mühe Einzelner in sich zusammen. Somit ist das Schicksal des in sich zerfallenen, in Parteien zerrissenen, zersplitterten und zerstreuten deutschen Elementes in Süd-Australien nicht zweifelhaft. Die an sich schon bedeutende Zahl der Deutschen der Colonie kann kein Grund sein, die deutsche Auswanderung noch weiter zu fördern, wie man uns bemerkt; die Anglisirung schreitet mit jedem Tage voran, und schon das erste Geschlecht ihrer Nachkommen wird aufhören, sich ein deutsches zu nennen.

Wohlthätig auf den Gemeinsinn, die politische und sociale Stellung der Deutschen in Süd-Australien zu wirken, wäre eine lohnende Aufgabe der süd-australischen deutschen Zeitung. Aber im Anfange ihrer Gründung hatte sie nicht die erforderlichen Kräfte, um irgend sich einen moralischen Einfluß verschaffen zu können; Format, Inhalt und Orthographie kamen in den ersten Jahren ihres Erscheinens (zu Tanunda) nicht über den Rang einer Dorfzeitung hinaus. Nur seit der Anwesenheit der Berliner Einwanderer konnte sie einen dauernden Versuch machen, sich auf einen höheren Standpunkt zu versetzen, hat aber deßungeachtet noch mehrere Jahre bis in die neueste Zeit ihre wahre Aufgabe gänzlich verkannt. Den größern Theil derselben füllten die politischen Ansichten und Gefühle der Redaktoren über die Gestaltung der europäischen und namentlich der preußischen Verhältnisse, die wichtigeren nahe liegenden Interessen der deutschen Bevölkerung, ihr gegenseitiges Verhalten, ihre Stellung den Engländern

gegenüber, Besprechung und Aufklärung über alle die Colonie im
Allgemeinen betreffenden Fragen nahmen bei weitem eine durchaus
untergeordnete Stellung ein. Doch wäre nichts einfacher zu begrei=
fen, als daß die deutsche Zeitung in Süd=Australien zunächst für die
Deutschen in Süd=Australien geschrieben wird. Nach mannigfachem
Wechsel ist sie endlich als „Adelaider Deutsche Zeitung" in den Be=
sitz des Herrn Rudolf Reimer übergegangen und erscheint jetzt wö=
chentlich zweimal zu Adelaide. Der Herausgeber versucht mit vielem
Glück, derselben fortan eine würdigere Haltung zu geben, die prin=
zipiellen, leidenschaftlichen, politischen Erörterungen über die europäi=
schen Verhältnisse haben seit seiner Redaktion aufgehört, und eine
energische Erörterung und Vertheidigung der deutschen Interessen ist
an ihre Stelle getreten. Den großen englischen Zeitungen in Ade=
laide kann sie aber an Umfang und Material nicht gleichkommen.
Ihr bescheidenes Format und ihr nur zweimaliges Erscheinen in der
Woche ist der untergeordneten Stellung der deutschen Bevölkerung
zur englischen der Provinz entsprechend. — „Vor allem, sagt die deut=
sche Zeitung, ist es unsere erste und heiligste Pflicht, jene Zerrissen=
heit und Spaltung auf zu geben, worunter die deutsche Bevölkerung
fast erliegt, wodurch sie verhindert wird, kräftig für das Gemeinwohl
zu wirken. Es ist unsere heiligste Pflicht, uns als ein großes Gan=
zes zu betrachten, das durch gleiche Interessen und gleiche Bedürf=
nisse verbunden ist. Ist das Streben der Deutschen ein solches, so
haben sie ein großes Gewicht in unsere politische Wagschaale zu wer=
fen und werden häufig im Stande sein, den Ausschlag zu geben (?).
Sofern sie aber fortfahren, stets gehässig und feindlich gegen ein=
ander zu stehen, geringfügige Dinge zum Gegenstande des Hasses
zu machen, und so hier das Trauerspiel im Kleinen zu wiederholen,
das auf der großen Bühne unsers unglücklichen Vaterlandes schon
fast drei Jahrhunderte aufgeführt wird, dann werden wir hier wie
dort ohne Einfluß, ohne Gewicht sein, und ruhig zusehen müssen,
daß unsere heiligsten Interessen, unsere heißesten Wünsche für Nichts
geachtet werden. Das Erstarken des deutschen Elementes wird dann
eine Chimäre bleiben, wie daheim es ein einiges Deutschland blieb."
Die Erkenntniß eines Uebels ist der erste Schritt, die Heilung zu
ermöglichen. Mit Recht wird ein inniges Zusammenhalten der Deut=
schen in Süd=Australien als der einzige mögliche Weg angezeigt, wel=
cher einer bessern Stellung derselben entgegenführen könne, mit Un=

recht aber den Regierungsgrundsätzen zugeschrieben, was lediglich die Folge der Gesetzgebung von Großbrittannien und der allgemeinen, thatsächlichen Verhältnisse an sich ist.

Wenn die Candidaten für die erste gesetzgebende Versammlung den deutschen Wählern zuriefen: „Wir kennen hier in Süd-Austra-lien keine Engländer und keine Deutsche, sondern nur Süd-Austra-lier," mochten sie immer vom redlichsten Eifer beseelt sein, die Kluft aus zu füllen, welche zwischen beiden Elementen geschaffen ist, sie wird aber weder durch einen Parlaments-Beschluß noch durch Dekrete der Colonial-Regierung zu beseitigen sein. Die faktischen Verhältnisse stehen höher, als die Dekrete und Beschlüsse reichen. Die Provinz Süd-Australien ist zudem ein integrirender Theil von Großbrittannien und Irland. Alle Gesetze des vereinigten Königreiches bis zum 28. De-zember 1836 sind in demselben rechtskräftig, die spätern Gesetze der Colonie bedürfen der Bestätigung der Legislative von Großbrittannien, sobald sie allgemeine Prinzipien betreffen. Die fremden, einer engli-schen Colonie sich zuwendenden Nationalitäten treten daher in der-selben sofort zur Regierung und Gesetzgebung in dasselbe Verhältniß, wie im vereinigten Königreiche. Zu diesen gehören nothwendiger Weise also auch die Deutschen in Süd-Australien. Sie zerfallen in rechtlicher und politischer Beziehung in zwei Klassen: diejenigen, welche naturalisirt wurden, und diejenigen, welche nicht das brittische Staats-bürgerrecht erlangt haben. Diese sind von allen politischen Rechten ausgeschlossen, sie werden lediglich geduldet, und stehen in mancher privatrechtlichen Hinsicht den englischen Unterthanen sehr nach, jene haben der Königin den Eid der Treue geleistet, jeden andern Unter-thanenverband aufgegeben und sind in die Rechte der brittischen Staatsbürger eingetreten, sofern die englische Gesetzgebung keine Schranken zieht. Dieser gemäß hat nur das Parlament von Groß-brittannien und Irland das Recht, das Staatsbürgerrecht zu erthei-len, es wurde aber vorbehaltlich der spätern Bestätigung durch das-selbe vor wenigen Jahren den Gouverneuren der Colonie für den Umfang derselben übertragen. Wenn wir als den leitenden Gedan-ken der Geschichte des englischen Parlamentes die Befestigung der britti-schen Freiheit, gegen welche beschränkenden Einflüsse es immer sein möchte, annehmen müssen, kann es nicht befremden, wenn auch gegen die möglichen Gefahren, welche durch die Naturalisation für die brit-tische volle Selbstregierung entstehen konnten, alle Vorsichtsmaaßre-

geln getroffen wurden. Mit der Thronbesteigung Wilhelms von
Oranien und der zu erwartenden Nachfolge des Hauses Hannover
waren die Gefahren des Einflusses der Holländer und Deutschen,
welche durch die Dynastieen herübergeführt werden würden, einleuchtend, man suchte ihre Macht am Hofe jedoch für die leitenden Sphären
des Staates um so mehr nieder zu halten. Kein Fremder, so beschloß
man, der nicht von englischen Unterthanen direkt abstammt, kann im Parlamente sitzen, und Niemand, der außerhalb der Dominien der Krone
von England, ausgenommen, wenn von englischen Eltern geboren,
kann Mitglied des geheimen Rathes (privy Council) werden, selbst
nicht, wenn er durch das Parlament naturalisirt wurde (12 et 13
William III. c. 2.). Was in England das Parlament, ist in der Colonie die gesetzgebende Versammlung, was dort der Geheime Rath der
Krone (King in Council), ist hier der Rath der Colonie (Governor
in Council), alle Gesetze über das Parlament und den Geheimen
Rath sind, sofern nicht spezielle Gesetze Ausnahmen zulassen, im Allgemeinen auf die analogen Institute der Colonien übertragen, daher
auch hier alle Fremden ungeachtet ihrer Naturalisation von der gesetz-
gebenden Versammlung und dem Colonial-Rath ausgeschlossen.
Die Deutschen in Süd-Australien sind demnach im entschiedenen Irr-
thum befangen, wenn sie hierin „eine schimpfliche Beschränkung" sehen, „die in keiner andern englischen Colonie
stattfinde." Aber auch ohne diese Beschränkung würden sie nicht
im Stande sein, einen Deutschen in die gesetzgebende Versammlung
wählen zu können. Dieselbe besteht aus sechszehn gewählten und
acht von der Regierung ernannten Mitgliedern, das Recht der Wähl-
barkeit knüpft sich an den Grundbesitz von 2000 Pfund im Werth,
oder ein jährliches Einkommen von 100 Pfund aus Grundstücken.
Bis jetzt ist kein Deutscher in Süd-Australien ansässig, welcher diese
Qualifikation aufweisen könnte. Das Wahlrecht knüpft sich an die
Rechte des brittischen Unterthanen, an einen Aufenthalt von minde-
stens 6 Monaten, und Grundbesitz von 100 L. im Werthe, oder die
Zahlung einer Pacht oder Miethe von jährlich 10 Pfund. Ungeachtet dieses weit ausgedehnten Wahlrechtes zeigte sich der Einfluß
der Deutschen doch sehr schwach. Nur in einem einzigen Wahldistrikte
erlangte der Candidat, F. Dutton, mit Hülfe der deutschen Wähler
die Majorität, im Wahldistrikt von Ost-Adelaide. Auch hier befanden
sich 1851 unter 841 Wählern nur 140 einregistrirte Deutsche. Sie

müſſen alſo auf immer darauf verzichten, irgend welchen Einfluß auf
die Geſeßgebung der Colonie ausüben zu können. Außer dieſen
Nachtheilen, welche aus der allgemeinen engliſchen Geſeßgebung und
der untergeordneten Stellung des deutſchen Elementes in Handel,
Grundbeſiß, Capital und numeriſcher Stärke ſich ergeben, iſt nicht
zu verkennen, daß den gerechten Anforderungen der deutſchen Bevölkerung in vieler Hinſicht nicht die Berückſichtigung zu Theil wird,
welche ſie billig beanſpruchen kann. Gewiß ſind in der Colonie nur
wenige Deutſche, welche bei Beſeßung der Stellen in der Verwaltung mit den älteren, um die Colonie verbienteren engliſchen Bewohnern gleiche Anſprüche haben, gewiß werden noch wenigere da ſein,
welche ſich ſeitens des Colonial-Sekretariats in Downing-Street,
oder des einflußreichen Mitgliedes der Regierung in Adelaide einer
gleichen Protektion zu erfreuen haben, wie die übrigen Candidaten
unter der engliſchen Bevölkerung, wo aber Mißverſtändniſſe der Sprache
bei Handhabung der Gerechtigkeitspflege und in der Verwaltung ent-
ſchiedene Nachtheile des einen Theiles mit ſich bringen, ſollte ſolchem
Uebelſtande billig abgeholfen werden. Zwar werden ſchon alle Ver-
ordnungen der Regierung auf Koſten des Staates auch in der deutſchen Zeitung veröffentlicht; ſie hat das deutſche Hospital gründen
helfen, ſie ſteuert zur Errichtung deutſcher Kirchen und Schulen bei,
aber in der ganzen Colonie befindet ſich noch kein deutſcher Dolmetſcher, ſelbſt im Poſtbüreau zu Adelaide noch kein Beamter, welcher
der deutſchen Sprache hinreichend mächtig wäre. Die betreffenden
Petitionen wurden abgelehnt. Im October 1851 ſtellte der Vertreter
für Oſt-Adelaide in der geſeßgebenden Verſammlung den Antrag:
„einen competenten Dolmetſcher für die aus Deutſchland gebürtigen
Bewohner der Colonie bei den Civil- und Criminal-Gerichtshöfen
in Adelaide an zu ſtellen und einen beſtimmten Gehalt für denſelben
zu bewilligen,“ derſelbe wurde mit der Majorität von einer Stimme
verworfen, weil es ungerecht ſei, zum Beſten eines geringen Theiles
der Bevölkerung die Geſammtheit zu beſteuern!
„Was uns Noth thut, hat das deutſche Committee von Adelaide aus uns berichtet, das iſt Schuß von unſerer Heimath ſelbſt;
erſt wenn die deutſchen Regierungen die Sache der **8000** deutſchen
Bewohner Süd-Auſtraliens zu der ihrigen machen, erſt dann wird
es dieſen möglich ſein, die Gleichberechtigung mit ihren engliſchen
Mit-Coloniſten zu erkämpfen.“ Sicherlich iſt eine ſtarke conſulari-

sche Vertretung Deutschlands in den australischen Colonien ein bringendes, nur zu lange gänzlich verkanntes Bedürfniß für den Handel und als Anhaltspunkt der Einwanderer. Wie aber eine consularische Vertretung irgend eines Staates, selbst des mächtigsten auf die Rechtsverhältnisse und die Verwaltung eines fremden, obendrein brittischen Staates einwirken, wie sie in dieser Weise für eine Bevölkerung thätig sein kann, welche entweder in der Colonie die Rechte des Staatsbürgers nicht hat, oder durch die Naturalisation das Unterthanenverhältniß zum frühern Staate aufgegeben hat, ist nicht ab zu sehen, vielmehr würde ein derartiges Beginnen unbedingt erfolglos sein, weil durchaus gegen die Prinzipien des internationalen Verkehrs. Die Deutschen in Süd-Australien müssen es erkennen, daß sie auf sich selbst angewiesen sind, und nur das hoffen dürfen, was sie selbst sich erkämpfen können. Für uns bleibt nur ein frommer Wunsch, daß sie als Pflegekinder eines stammverwandten Volkes sich die Zufriedenheit schaffen mögen, welche zu finden sie gehofft haben.

Für den deutschen Statistiker würden zuverlässige Angaben von Interesse sein, in wie weit die deutsche Bevölkerung in Süd-Australien bei der Colonisation thätig war, wie viele Acker Landes durch sie umzäunt, wie viele bebaut, was sie zur Aus- und Einfuhr beigetragen, wie viele Häuser sie gebaut haben, wie viele von ihnen freie Grundbesitzer, wie viele Pächter sind, wie vielen ein gutes, wie vielen ein trauriges Loos wurde. Die Volkszahl ist nicht zu groß, das Territorium nicht zu weitläuftig, um nicht zuverlässige Zahlen ermitteln zu können. —

In Süd-Australien hat sich das deutsche Element ungleich mehr ausgebreitet als in irgend einem andern Theile der australischen Inselgruppe. Ihr zunächst verdient der benachbarte Distrikt von Port Phillip, nach Wakefield Australia felix genannt, 1850 unter dem Namen der Provinz Victoria von Neu-Süd-Wales getrennt und zu einer selbstständigen Colonie erhoben, eine besondere Beachtung. Lange Zeit in seiner Colonisations-Fähigkeit verkannt, nachdem wiederholt versuchte Ansiedlungen gescheitert waren, gelang es Sir Thomas Mitchel, die vortrefflichen Weide-Distrikte des Landes offen zu legen. Die Heerden von dem benachbarten Van Diemens-Land und von Neu-Süd-Wales nahmen gleichzeitig von ihnen Besitz, 1837 entstand in der Nähe der Bucht Phillip die Hauptstadt Melbourne am Yarra Yarra, und der Werth der reinen Ausfuhr an Wolle

und andern Produkten der Viehzucht stieg innerhalb **15** Jahren auf
mehr denn eine Million Pfund Sterling, so daß das gleichzeitig ge-
gründete Adelaide in raschem Laufe bei weitem überholt wurde. Ein
weites, von zahlreichen Flüssen zu beiden Seiten von Port Phillip
bewässertes Küstenland und ein noch ausgedehnteres von den unzähligen Flüssen und Flüßchen des Stromgebietes des Murray bewässertes theils gebirgiges, theils flaches Hinterland schaffen die Bay von
Port Phillip zu einem Emporium des Verkehrs für die gesammte Colonie. Sie hat nicht jene interessante, politisch und staats-ökonomisch
bedeutungsvolle Stellung in der Colonial-Geschichte überhaupt und
namentlich der Colonial-Politik Englands, wie Süd-Australien, sie
entstand durch Squatters, die sich mit unglaublicher Schnelligkeit über
alle zugänglichen Distrikte des Landes verbreiteten. Die Viehzucht
war hier bis in die neueste Zeit die ergiebigste Quelle des Erwerbes,
der Ackerbau fand daher nnr wenige Hände. Die Schaafzucht aber,
welche hier die Woll-Produktion aller Länder der Südsee an Masse
und Feinheit zugleich bei weitem übertrifft, gewann in dem kurzen
Zeitraum von nur wenigen Jahren eine unglaubliche Ausdehnung.

Die Provinz Victoria umfaßt das ganze Territorium östlich
des **141°** Grades, der Gränze Süd-Australiens, südlich des Murray
bis zu dessen Quelle in der Nähe vom Berge Kosciusko in den australischen Alpen und der geraden Linie, welche von hier zum äußer-
sten Süd-Ost-Cap Howe gezogen wird, eine Landmasse, welche dem
Umfange der preußischen Monarchie gleichkommen mag. Zwischen
der Seeküste und dem innern australischen Flachlande ziehen sich zu-
sammenhängende Höhenzüge von Westen nach Osten in fast unun-
terbrochenem Verlaufe, sie zeichnen sich in einzelnen Gruppen wie
das Victoria- und Grampian-Gebirge, die Pyrenäen, die australischen Alpen, das bedeutendste aller australischen Gebirgszüge 2c., und
bilden zwischen dem Norden und Süden eine scharfe Wasserscheide,
welche die Gewässer von ihren Höhen theils den nördlichen Ebenen,
theils der nahen Süd-Küste und der See zuführen. Wenn in
Süd-Australien Wassermangel und mit ihm die eng eingegränzten
culturfähigen Distrikte, in Neu-Süd-Wales der von steinigten Gebirgen durchzogene und dabei grasarme Boden, in Van Diemens-
Land die Sterilität der Höhen zu beiden Seiten der Niederungen des
Derwent und Macquarie die großen Hemmnisse der Schaafzucht sind,
bot sich hier der ausgedehntesten Pflege derselben ein weites, herrli-

4

ches Feld dar. Unmittelbar in die Bucht von Port Phillip ergie=
ßen sich die Flüsse Yarra Yarra, Deep Creek, der Werribee, Moo=
rabool und Barwon, dem westlichen Küstlande geben der Leigh, Tay=
lors, Hopkins, der Glenelg mit dem Wannon, dem östlichen, Gips=
land, die Flüsse La Trobe, Dunlop, Arthur und Tambo mit den
zahlreichen Creeks die befruchtenden Gewässer. Die nördlichen Flüsse
gehören mit Ausnahme des Wimmera, Avon und Avoca, die sich
in die Seen und Marschen des unwirthbaren nordwestlichen Wim=
mera=Distriktes verlieren, ausschließlich dem Murray an, der durch
diese wasserreichen Nebenflüsse zum ersten der australischen Flüsse er=
hoben wird, der Mitta Mitta, der Ovens, Goulbourn, Compaspe
und Loddon. Zu beiden Seiten der Bucht von Port Phillip ent=
standen verschiedene Ausgangspunkte des Verkehrs, Melbourne
am Yarra Yarra, 15 Jahre alt und 30,000 Bewohner zählend,
der natürliche Sammelplatz für die Distrikte Bourke, Western=Port,
Murray, Tumut bis zum untern Murrumbidgee und Lachlan, eine
Stadt in rapider Entwickelung begriffen. Mit der Hauptstadt riva=
lisirt das kräftig aufstrebende Geelong, der Stapelplatz für Grant
und die östlichen Distrikte von Portland=Bay. Nahe der westlichen
Gränze der Provinz ist Portland der Aus= und Einfuhrplatz für
Normanby, die westlichen Distrikte von Portland=Bay und Wim=
mera; für die östlichen Küstenländer ist das neugegründete Alberton.
Die jährlich sich so überraschend vermehrende Aus= und Einfuhr,
die größere Ausdehnung des aus zu beutenden Landes bieten dem Un=
ternehmungsgeist noch ein unbegränztes Feld. Es wäre keinem Zwei=
fel unterworfen, daß, wenn die deutsche Auswanderung sich abermals
der Südsee zuwenden sollte, auch ohne die jüngsten ungeheueren
Entdeckungen des Goldsandes innerhalb ihrer Gränzen sie nur durch
die Provinz Victoria angezogen werden könnte.

Gleich den übrigen älteren australischen Colonien warf sich die
Bevölkerung wesentlich auf die Viehzucht, als die ergiebigste Quelle
des Erwerbes. Die Landbesitzer sehen sich bis auf den heutigen
Tag außer Stande, ihre Besitzungen, so fruchtbar sie immer sein mö=
gen, sogar in großer Nähe von Melbourne und Geelong dem Pfluge
zu übergeben. Außer den Küstenstädten entstanden im Innern weder
Städte noch Dorfschaften, die Namen solcher, welche man auf den
Karten findet, bezeichnen kaum mehr als die Plätze, wo man sie
gründen möchte, oder in Zukunft erwartet. Es war nicht zu bezwei=

feln, daß die auffallende Ausnahme, welche Süd=Australien hierin vor allen übrigen australischen Colonien machte, allein in der deut= schen Bevölkerung zu suchen war. Lange hoffte man vergebens, diese willkommenen Anbauer auch im Hafen von Melbourne landen zu sehen, bis **1848** die Regierung des Distriktes eine Prämie von **1000** Pfund Sterling den ersten **400** deutschen Einwanderern einer bestimmten Gattung (Ackerbauer, Weinbauer, Schäfer ꝛc.) festsetzte. In Melbourne bildete sich unter den einflußreichsten Bewohnern der Colonie ein „deutsches Einwanderungs=Committée, ein deutsches Ein= wanderer=Haus zur Beherbergung und Verpflegung Deutscher bis zu dem Zeitpunkt, wo sie Arbeit finden würden, wurde errichtet, und die Humanitäts=Anstalten der Colonie, Hospitäler, Benevolent-Asylum ꝛc. wurden ihnen zum gleichberechtigten Gebrauch eröffnet. In den Jah= ren **1848** und **1849** landeten an **800** Deutsche in Port Phillip. In der Colonie selbst war nichts unterlassen, die deutsche Einwande= rung nach Victoria in einer Weise zu beginnen, daß dieselbe noch lange andauern müßte — aber die guten Bestrebungen der Coloni= sten scheiterten an dem Streben der Agenten. Statt solche Deutsche aus zu wählen, welche die Colonie wünschte, deren Arbeitskräfte vor= theilhaft in der Colonie verwandt werden könnten, begnügte man sich mit wenigen Ausnahmen, **800** deutsch sprechende Einwanderer an die Küsten zu setzen, die weder Schaafszüchter, Ackerbauer, Winzer ꝛc. waren, noch überhaupt Arbeiten zu verrichten verstanden, wie man in der Colonie sie bedurfte. Sie waren zum größten Theil Hand= werker, Schneider, Schuster ꝛc., welche nur die Concurrenz auf diesen Gebieten vermehrten, ohne allgemein ersprießlich zu sein. Ein großer Theil derselben war auf das Geradewohl aus den Städten Norddeutsch= lands zusammengerafft und stand aus denselben Ursachen den Schicksals= genossen in Adelaide um dieselbe Zeit um Nichts nach, sie hatten unter ähnlichen Gefühlen, die Heimath verlassen wie jene, sie waren eben so wenig an eine beharrliche, nüchterne, praktische Thätigkeit gewöhnt, wie jene, und hier vereinzelt und in dem Treiben des coloniellen Lebens auf sich selbst beschränkt, sollten sie sich trotz des großen Reichthums, den Melbourne birgt, in ihren Hoffnungen nicht weniger getäuscht sehen. Sie waren lange Zeit der Colonie, wie diese ihnen eine Last *).

---

*) Die neueste deutsche Einwanderung in Peru, welche in ähnlicher Weise von der dortigen Regierung unterstützt war, hatte ganz denselben Charakter.

Der gesetzgebende Rath erklärte hierauf die Bedingungen, welche an die Prämie von **1000** Pfund für die ersten deutschen Einwanderer geknüpft waren, für nicht erfüllt, sie wurde Einwanderern und Rhedern bis auf den heutigen Tag vorbehalten.

Die offen zur Schau getragenen radikal-politischen Ansichten, die sich nicht selten zu stark republikanischen Kundgebungen steigerten, entfremdeten ihnen im Anfange die Autoritäten der Colonie, dabei trugen der große Mangel an praktischem Sinn und die Entblößung von allen Mitteln nicht wenig dazu bei, ihre schwierige Lage zu verschlimmern. Die Umstände aber zwangen sie, sich ihnen zu fügen, man suchte und fand bald ein lohnendes Feld der Arbeit, und nach Verlaufe zweier Jahre konnten sie sich im Allgemeinen mit ihrer Lage zufrieden erklären. Als Handwerker und kleinere Kaufleute leben sie meist in Melbourne conzentrirt, andere wurden Pächter und nur ein kleiner Theil, welcher anderswo eine bessere Beschäftigung aus seinem erlernten Berufe hätte finden können, sah sich gezwungen zum Hirtenstabe zu greifen und weit in der Einöde ein einsames, verfehltes Dasein zu führen. Eine deutsche Schul- und deutsche Turnanstalt wurde errichtet, und eine alt-lutherische Gemeinde gebildet, deren Prediger indeß noch vorläufig das Amt des Dieners der Kirche mit dem eines Barbiers vereinigen mußte. Größere deutsche Handlungshäuser wurden hier noch nicht errichtet. Den Eingewanderten fehlte das Capital. Die Wolle von Port Phillip concurrirt indeß selbst auf deutschen Märkten mit der heimischen, so daß deutsche Tuchfabrikanten bereits Agenten nach Melbourne behufs Ankaufs australischer Wolle für deutsche Fabriken sandten. Die Handelsverbindungen Deutschlands mit Melbourne wurden bis in die neueste Zeit vorzugsweise über Hamburg angeknüpft, bis sich durch die Bemühungen des Sekretairs des deutschen Vereins in Melbourne, des Herrn Schmidt, auch andere Häfen, Stettin und Bremen, rühren zu wollen scheinen.

Außer einer unbedeutenden Ansiedlung einiger Schweizer in der Nähe von Portland befinden sich zwei deutsche Ansiedlungen, die einzigen in der Colonie, in der Nähe von Melbourne: Neu-Mecklenburg, gegründet von einem großen Freunde deutscher Einwanderung, dem Capt. Stanley-Carr, jetzigem Präsidenten der Association australischer Colonisten in London, und eine zweite, Plauen, nördlich von Port Phillip. Sie bestehen aus Pächtern, welche großentheils gleich den ersten süd-australischen Einwanderern selbst die Betriebs-Capi-

talien zum Beginn des Ackerbaues gegen die in der Colonie übli=
chen Zinsen vorgestreckt erhielten. Die rasche Befestigung dieser klei=
nen Siedelungen erregte gerechtes Erstaunen, und befestigte um so
mehr die alte Ansicht, daß nur die deutschen Landbauer den Acker=
bau auf australischem Boden befördern könnten. Für den Capitali=
sten ist hier aber eben so wenig, wie in Adelaide und irgend einer
andern australischen Colonie der Ackerbau ein lohnendes Feld. Schon
die gesetzliche Bestimmung, wonach das Urland nur in englischen
Quadrat=Meilen von **620** Acker zum Minimum=Preise von **620**
Pfund vermessen und verkauft wird, würde ihn zwingen, aus zweiter
oder dritter Hand die getheilten Parzellen zu erhöhtem Preise zu er=
stehen. Die wärmsten Beförderer deutscher Einwanderer nach Mel=
bourne haben daher die Hoffnung aufgegeben, den Strom freier Ein=
wanderung ohne die bedeutendsten Opfer der Colonie selbst ihr wie=
der zuwenden zu können. Doch bleibt für die großen Landbesitzer
kein anderes Mittel übrig, als deutsche Ackerbauer herüber zu ziehen,
ohne diese werden der Colonie noch auf Dezennien hinaus Städte
und Dörfer im Innern fehlen und sie wird somit auf Selbststän=
digkeit in den Bedürfnissen der Landwirthschaft noch lange verzichten
müssen. Mehr als früher ist diese Ansicht durch die neuesten Ent=
deckungen so ausgedehnter Goldlager in der Nähe von Geelong, von
Portland, in den Grampian= und Victoria=Bergen, am Berge
Disappointenent und Mount Alexander ꝛc. befestigt. Die Reich=
haltigkeit der Lager läßt Bathurst bei weitem hinter sich zurück,
und scheint selbst Californien zu überstrahlen. Eine vollständige so=
ciale Revolution wurde über die Colonie herbei geführt. Farmer,
Hirten, Handwerker, Dienstboten und Beamte der Regierung verlie=
ßen ihre Beschäftigung, — Alle stürzten den Minen zu, deren Er=
giebigkeit nicht mehr daran zweifeln läßt, daß jeder Arbeiter durch=
schnittlich täglich 1¼ Pfund Sterling = **10** Thaler gewinnen kann.
Die Calamität, welche hierdurch über Heerden= und Landbesitzer her=
einbrach, ist unglaublich. Man war schon gegen Ende **1851** in
Melbourne selbst der Ansicht, daß wenigstens eine Einwanderung
von **100,000** erwachsenen Arbeitern nothwendig geworden sei, um die
Dinge wieder auf den früheren Standpunkt zurück zu bringen, abge=
sehen von der Vermehrung der Arbeit, welche durch die erhöhte all=
gemeine Betriebsamkeit nach Entdeckung des edeln Metalles herbei=
geführt wurde. Dabei gehen die Entdeckungen neuer und reicher

Goldgebiete, so wie die Goldgräber weiter in das Innere dringen, unabläffig vorwärts, so daß nach übereinstimmenden Angaben kein Ende ab zu sehen ist. Die Fülle des edeln Stoffes, die Leichtigkeit des Einsammelns, die Nähe der bewohnten Diftrifte bewirfen einen ganz allgemeinen Erfolg, und der Einfluß auf die ganze Colonie (Neu-Süd-Wales, Van Diemens-Land, Süd-Auftralien, die weiten Inseln Polyneftens nicht ausgeschloffen) hat bereits einen Charafter, hinter welchem an Außerordentlichfeit selbft Californien zurückftehen muß. In der Gesellschaft ist Alles aus den Fugen geriffen, die Preise gewöhnlicher Dienftleistungen find ins Unglaubliche gestiegen, Besitzer von 15—20,000 Schafe find auf 1—2 Schäfer angewiesen, welche nur durch ungeheueren Lohn zu halten find. Nach der Erflärung des Minifter-Präfidenten, des Earl of Derby, im Oberhause vom Mai 1852 beabsichtigt die Regierung aus den Land-Fonds der Colonie in beftimmten Intervallen von Juni —Dezember 1852 eine Maffe von 40,000 mittellofen Arbeitern von Großbrittannien und Irland aus hinüber zu schaffen. Die freiwillige Einwanderung Bemittelter scheint nicht minder groß zu sein. Schon einige Monate nach der Entdeckung im November und Dezember 1851 befanden sich 50,000 Goldgräber in den Minen. Die Bewegung hat sich bereits über alle Theile Englands verbreitet, und die Spefulation, die sich hier jetzt auf Victoria richtet, scheint riesenhaft zu werden. Ob diese ungeheueren Schätze der zukünftigen Entwickelung Auftraliens förderlich sein werden, mögen wir nicht entscheiden. Mag man dort aber nicht vergessen, daß von den Tagen an, wo die Scythen die Goldminen Nordafiens bearbeiteten, bis auf den heutigen Tag eine Gold suchende Bevölkerung immer eine herabgefommene, sittlich entwürdigte gewesen ist, und daß das Graben nach Gold von allen Arten des Bergbaus, mit denen jemals die menschliche Induftrie sich beschäftigt hat, auf die Dauer den wenigften Vortheil für die Bevölkerung selbft mit sich gebracht hat. —

Bei einer solchen Lage der Dinge hat der Ackerbauer ungleich geringere Ausficht auf Ausdehnung als früher; die Arbeiter, welche auf Kosten der Landbesitzer, d. i. durch den Ertrag des Landverfaufes unentgeltlich im Prinzip zum Beften derselben hinübergeschafft werden, verlieren sich in die Minen und über die Weidedistrikte, gehen für ihn daher verloren. Man hat lange vergebens auf Mittel gesucht, diesem Uebelstande ab zu helfen, man hat, wie früher in Süd-

Australien so auch hier seitens der englischen Bewohner vorgeschla=
gen, und selbst in diesem Sinne petitionirt, einen Theil der Einkünfte
aus dem Verkaufe des Kronlandes auf die freie Ueberfahrt „deut=
scher Ackerbauer" zu verwenden, aber das Gesetz von 1842, wel=
ches die unentgeltliche Herüberschaffung armer Arbeiter „auf das
vereinigte Königreich von Großbrittannien und Irland" beschränkt,
steht dem entgegen, und Aussicht, dasselbe auch zu Gunsten deutscher
Arbeiter zu modifiziren ist im Parlamente nicht vorhanden. Das
jetzige englische Ministerium scheint indeß von der Wichtigkeit deut=
scher Einwanderung für Victoria völlig überzeugt zu sein. Der vor=
erwähnte Capt. Stanley=Carr wurde seitens desselben zum offiziel=
len Referenten über Alles ernannt, was die Deutschen in Au=
stralien und die Mittel betrifft, die Einwanderung von Deutschland
aus wieder dahin lenken zu können. Unter seiner vorzugsweisen
Beihülfe gründete sich in London ein Verein australischer Landbesitzer,
der unter nicht unbedeutenden Opfern deutsche Ackerbauer für Be=
sitzungen in Victoria zu gewinnen sucht. Die Prinzipien, nach
denen derselbe zu verfahren gedenkt, sind dieselben, welche der Berli=
ner Verein für deutsche Auswanderungs= und Colonisations=Ange=
legenheiten als zweckmäßig anerkannt hat, indem die Ackerbauer an=
fangs Pächter und nach einer bestimmten Reihe von Jahren freie
Eigenthümer des Bodens werden, den sie urbar gemacht haben.

Ein im Interesse der deutschen Answanderung nach Victoria
entworfenes Gesetz liegt augenblicklich nach den mündlichen Mitthei=
lungen des Herrn Stanley=Carr dem Ministerium zur Berathung
vor (Juni 1852), und sollten die spätern definitiv aufgestellten Grund=
sätze die allgemeine Billigung finden, könnte im Vertrauen auf
die Fruchtbarkeit und die Lebhaftigkeit des Verkehrs in der Colonie,
und im Vertrauen auf die zuverlässige Persönlichkeit des Herrn Carr
(eines nahen Verwandten des jetzigen Minister=Präsidenten, des Earl
of Derby) einem Unternehmen nur Vorschub zu leisten sein, welches
hunderte, ja tausende armer Familien einer spätern, nach ihren jetzi=
gen gedrückten Verhältnissen großen Wohlhabenheit entgegenführen
könnte, während sie in Deutschland dem Lande und sich selbst eine
Last sind *).

---

*) Nach den mündlichen Eröffnungen des Herrn Stanley=Carr beabsichtigt
man, selbst die deutschen Regierungen für das Unternehmen zu gewinnen, indem

Wenn die Deutschen in Süd-Australien sich in kirchliche und politische Parteien auflösen, nirgends unter ihnen ein gemeinschaftliches Band ist, welches sie als Sprößlinge desselben Stammes auch nur in einen Punkt umschlänge, wenn sie von dem englischen, herrschenden Elemente vielfach verkannt, nach ihrer Ansicht gar unterdrückt werden und sich in vielfachen Klagen über ihre Lage ergehen, sehen wir unter den Deutschen in Victoria, so gering ihre Zahl und so gering ihre Mittel immer sind, volle Einigkeit und große Rührigkeit, sich eine Stellung unter den Engländern zu sichern und sich als Gesammtheit Beachtung und Anerkennung zu verschaffen. Man stiftete in Melbourne im September 1850 den „Deutschen Verein," dessen Hauptzweck ist: „Die in Melbourne und Umgegend (Victoria-Colonie Australien) gegenwärtig anwesenden Deutschen durch ein festes durchaus unerschütterliches Zusammenhalten an einander zu ketten, sich gegenseitig mit allen zu Gebote stehenden Kräften zu unterstützen, desgleichen Allen in dem Hafen anlangenden Deutschen Anhaltspunkt und Stütze zu sein, im weitesten Sinne nach allen Seiten hin die deutschen Interessen zu beleuchten, zu vertreten, und gegen alle innere und äußere Einflüsse zu bewahren ...... und die dem Deutschen innewohnende Würde auch den Mitbewohnern gegenüber zu allen Zeiten zu behaupten."

So klein immer der Anfang ist (die Zahl der in Victoria anwesenden Deutschen mag sich mit Einschluß der letzten Einwanderung aus Süd-Australien als Folge der Goldentdeckungen vielleicht auf **2000** belaufen), verdient eine solche kräftige Vereinigung aller um so größere Anerkennung, als wir hier zum ersten Male einem Gemeinsinn der Deutschen im fremden Lande begegnen, durch den sie als gemeinsame Brüder desselben Stammes sich aneinander schließen, um gemeinsame Interesse gemeinsam zu verfolgen. Der Wunsch aber würde erfolglos sein, in andern Ländern, wo deutsche Colonisten sich

---

man nur solche herüberschaffen würde, welche durch Testate der Behörden ihre Moralität und Qualifikation als praktische Ackerbauer darthun. Der Verfasser wurde durch das vielfach besprochene Elend einzelner Theile der Kreise Paderborn und Wiedenbrück veranlaßt, die Aufmerksamkeit dieser Herren auf diese trostlosen Gegenden Westphalens zu lenken. Man schien in London geneigter, westphälischen Landleuten vor den übrigen Deutschen den Vorzug zu geben. Wenn jene Gegenden nur um einige hundert Familien erleichtert würden, welch' große Wohlthat würde hieraus für sie erwachsen!

eingefunden, ähnliche nationale Verbindungen erstehen zu sehen. Für
die Deutschen in der Colonie aber hegen wir den aufrichtigen Wunsch,
daß der Verein in dem Sturm, welchen die Goldentdeckungen über
denselben herbeigeführt, nicht untergegangen sein möge!

Unter den einflußreichsten Personen der Colonie fand derselbe
bedeutende Unterstützung. Manche für die Colonie bedeutungsvolle
Namen zählt er zu seinen Mitgliedern und hat in der kurzen Zeit
seines Bestehens große Aufmerksamkeit bereits errungen. Er sorgt
für die unentgeltliche Aufnahme der Deutschen in das deutsche Ein=
wanderer=Gebäude (german barracks), für Aufnahme Kranker in
das englische Hospital, altersschwacher und arbeitsunfähiger Deut=
schen in das Benevolent–Asylum, weiset Arbeit nach und sorgt für
das Unterkommen deutscher Wittwen und Waisen. Er stiftete einen deut=
schen Krankenverein, eine deutsche Bibliothek, Lesegesellschaft, einen deut=
schen Gesangverein, und unterstützte gemeinsame Angelegenheiten jeg=
licher Art. Bei verschiedenen Festlichkeiten erschien er als solcher, z. B.
bei der Feier der Trennung des Distriktes Port Phillip von Neu=
Süd=Wales und machte die Engländer in Australien mit manchen
Gebräuchen, z. B. dem Weihnachtsfeste bekannt, bei welchem er **150**
arme Kinder englischer und deutscher Abkunft öffentlich bescheerte.

Die Deutschen in Victoria gehören aber fast ohne Ausnahme
der mittellosen, arbeitenden Klasse an; ihre Stellung kann daher nur
naturgemäß sehr untergeordneter Art sein. Nur einzelnen ist es ge=
lungen, Reichthum und Ansehn zu gewinnen. Ein Graf Salis
landete mittellos, seine Heerden in den Thälern der australischen
Alpen umfassen augenblicklich **80,000** Schaafe; ein Herr von Schlei=
nitz besitzt in der Nähe von Portland **15,000** Schaafe und **6000**
Stück Hornvieh. Diese Beispiele sind aber bis jetzt unter den Deut=
schen sehr vereinzelt. Das deutsche Consulats=Wesen war bis jetzt
in Australien gänzlich vernachlässigt. Die steigende Wichtigkeit des
Hafens von Melbourne erheischt eine endliche Vertretung der deut=
schen Handels=Interessen. Die deutschen Regierungen scheinen sich lei=
der veranlaßt zu sehen, unter den englischen Bewohnern der Colonie
die örtlichen Vertreter deutscher HandelsJnteressen suchen zu müssen.

Von dem Schicksale, dem sie als Deutsche entgegen gehen, gilt
dasselbe, was früher von Süd=Australien bemerkt wurde. So kräf=
tig sie sich an einander schlossen, sich als Deutsche zu behaupten,
sind sie doch als Deutsche einem sichern Untergange preisgegeben,

um vom englischen Elemente aufgenommen zu werden. Sie arbeiten
für das englische Capital, für die englische Industrie, und schaffen
sich selbst nach allgemeinen Analogieen in Sitten und Gewohnheiten
unter englischen Institutionen bald zu loyalen, englischen Staatsbür-
gern um. *)

West-Australien (Schwanen-Fluß) würde hier keine Erwähnung verdienen, wenn man nicht auch von dort aus in neuester Zeit wiederholte Anstrengungen gemacht hätte, deutsche Auswanderer dorthin
zu ziehen. Unter wie ungünstigen Verhältnissen die Colonie gegründet wurde (1828), wie übertriebene Berichte und verfehlte Coloni-
sations-Prinzipien dieselbe lange einer zweifelhaften Existenz entgegen führten, so daß sie trotz eines mehr als 20jährigen Bestehens
kaum 4000 Bewohner zählte, und noch nicht im Stande ist, die
Kosten ihrer Verwaltung aus den eigenen Mitteln zu bestreiten, ist
bekannt. Sie ist wesentlich auf Schaafs- und Rindviehzucht angewiesen; außer ihren Produkten wird Sandelholz und in neuester Zeit
etwas Kupfer und Blei ausgeführt. Gewiß hat West-Australien
noch große fruchtbare Landstriche, die sich wohl zu lohnender Landwirthschaft eignen würden. Aber Mangel guter Häfen, Mangel an Capital, Mangel an Absatz-Märkten für die Produkte sind neben sehr
nachtheiliger Vertheilung des Landes die großen Hindernisse, so daß
diese Colonie selbst vom Mutterlande so sehr vernachlässigt wurde.
Die Versuche, durch die deutsche Einwanderung als den letzten Noth-
anker dieselbe aus dem 20jährigen Verfall zu retten, sind daher
nicht genug zu bekämpfen.

Der Colonial-Rath von West-Australien setzte 1848 ein Comitée
nieder, Vorschläge zu machen, wie die deutsche Einwanderung dorthin
gelenkt werden könnte. Dasselbe stattete folgenden, in Deutschland
vielfach verbreiteten Bericht ab:

---

*) Selbst die Times vom 2. September 1852 nannte diese früher „republi-
kanischen" Deutschen in Melbourne „now inferior to none in loyalty." — Foster,
Mitglied des Parlaments von Neu-Süd-Wales, läßt sich in seinem Werke „the
New-Colony of Victoria" über die Deutschen daselbst aus: „Mehrere Hundert
sind bereits in Port Phillip angelangt, mehrere Tausend werden wahrscheinlich
folgen. Solch eine bedeutende Vermehrung der Bevölkerung, welche die geschäftige
Betriebsamkeit, Charakterfestigkeit und Sittsamkeit, wodurch ihr Vaterland so aus-
gezeichnet ist, mit sich führen, wird den Colonisten ein nützliches Beispiel und
von großem Vortheile sein." S. 68.

Da nach officiellen Documenten eine jährliche Auswanderung von mehr als **30,000** (ist **1851** auf **150,000** gestiegen) Personen aus Deutschland stattfindet, welche einen Baarschatz von durchschnittlich.25 Lstrl. per Kopf mit sich nehmen und jetzt die Aufmerksamkeit der deutschen Auswanderer angefangen hat, sich auf Australien zu richten, als ein Land, welches nicht die Nachtheile verschiedener Länder in Amerika aufweiset, wie da sind, Sclaverei, schlechtes Papiergeld, Unsicherheit an Leben und Eigenthum durch eine schwache Regierung, Entfernung der künftigen Wohnsitze von der Küste und ein veränderliches oder wohl gar ungesundes Clima, ferner — da es scheint, daß die Deutschen in großen Massen auswandern, ihre besonderen Ansiedelungen bilden und, wo sie sich einmal anbauen, auch bleiben, daß sie im Allgemeinen mäßig und sparsam sind und das verdiente Geld in sichern Landbesitz anlegen; da das Commitée erkennt, daß die deutschen Ansiedler ein loyales, religiöses, moralisches und ausdauerndes Volk sind, daß sie wesentlich dazu beitragen, durch Urbarmachung des Landes einen Reichthum an Produkten hervor zu bringen, wie dieses in Adelaide bethätigt ist; ferner da die Provinz West-Australien geeignet ist, auch als Ansiedlungsplatz für deutsche Einwanderer berücksichtigt zu werden, weil sie zu Europa am nächsten liegt und alle möglichen Vortheile hinsichtlich des Climas und Bodens bietet, ein hoher Tagelohn zu verdienen ist, dabei diese Colonie einen bedeutenden Holzreichthum namentlich in dem Sandelholze als Ausfuhr für deutsche Schiffe besitzt, so wünscht das zu diesem Zwecke eingesetzte Commitée die Regierung Ihrer Großbritannischen Majestät zu veranlassen, Schritte zur Aufnahme deutscher Ansiedler zu thun und ihnen die Heimathsrechte hieselbst zu ertheilen, durch ein zu sendende Listen gleichzeitig mit dem Schiffe aus Deutschland und zwar über London, von wo sie rasch befördert und auch gleichzeitig mit dem Schiffe in der Colonie eintreffen können — und empfiehlt daher das Commitée,

1) in die Hände eines Agenten in Deutschland die besondere Befugniß zu legen, jedem deutschen Ansiedler so viel Land zum freien Gebrauch auf fünf Jahre zu übergeben, wie er bestellen kann und ihm anheim zu geben, das Land nach Ablauf dieser Frist zu 1 Lstrl. pr. Acker ankaufen oder es zurück geben zu können;

2) zu diesem Zwecke Land in Parzellen von **2560** Acker den Agenten zu überweisen oder zu veranlassen, daß es überwiesen werde, und nachdem dieses Land angebaut oder im Besitz genommen ist, eine

ähnliche Anzahl Acker an zu weisen, um auf ähnliche Weise angewendet
zu werden, doch so, daß es auch auf zehn Jahre zu freier Benutzung
genommen und übernommen werden kann. Es soll jedoch auch
dem Occupanten freistehen, dieses Land unentgeldlich zurück zu geben.
Auf diese Weise könnte die deutsche Einwanderung nach Ansicht des
Committées nach dieser Provinz geleitet und mit der Ansiedlung fort-
gefahren werden, so oft eine ähnliche Anzahl Acker im Besitz genommen ist. Das Commitée empfiehlt diesen Bericht dem Minister Ihrer
Großbritannischen Majestät vor zu legen und die Annahme des darin
gemachten Vorschlags zu empfehlen.

Richard W. Nash, Präsident des Committées.

W. Cavan, Secretair.

Gegen solche Offerten einer selbst ehrenwerthen. Colonial-Regierung müssen schon in so fern große Bedenken obwalten, weil sie sich
nicht an die eigenen Landsleute wendet und das Mutterland die Colonie so lange völlig unbeachtet gelassen hat. Gleichzeitig mit diesen Bemühungen an Ort und Stelle gründete sich in London eine Association
westaustralischer Landbesitzer zur Herüberziehung deutscher Landbauer,
und sandte unter dem Namen „Colonial – Land– and Life –Insurance–
Company" ihre Prospekte durch Deutschland, Ackerbauer zu Niederlassungen in West-Australien auffordernd. Die Prinzipien derselben
waren billig und empfehlenswerth; aber ihre Anwendung auf West-
Australien hätte vermöge der Beschaffenheit des Landes selbst unbedingt bekämpft werden müssen, wenn man diesen Versuchen eine größere
Aufmerksamkeit gewidmet hätte. Ungeachtet dieser Bemühungen hat
bis jetzt eine deutsche Einwanderung nicht stattgefunden. Außer mehreren deutschen Schaafszüchtern findet man noch einzelne Namen,
welche dort auf naturhistorischem oder geographischem Felde thätig
waren. Zu diesen gehören ein Herr von Bibra, welcher zu Free-
mantle lebte, und ein Dr. von Sommer, dessen Thätigkeit für die
Auskundschaft des Landes das Colonial-Blue-Book für 1847 rüh-
mende Erwähnung thut. Mit der Erhebung West-Australiens zu
einer Verbrecher-Colonie, zu welcher sich das Land durch seine isolirte
Lage besonders eignet, möchte vielleicht des Mittel gefunden sein, diesen verlorenen Posten auf eine höhere Stufe unter den Colonieen
Englands zu erheben. Hiermit ist aber selbstverstanden jede deutsche
Einwanderung auf immer abgeschnitten. Wiederholte Bestrebungen,
Deutsche, welche mit ihrer Lage in Adelaide unzufrieden sind, nach

dem Schwanen-Fluß zu ziehen, scheinen gleichfalls keine erheblichen Erfolge gehabt zu haben. —

Neu-Süd-Wales, das furchtbare Botany-Bay, konnte vermöge seiner Bestimmung als Verbrecher-Colonie gleich Van Diemens-Land, dem Granat Australiens, nur geringe Anziehungskraft auf die Deutschen ausüben. Die Hauptstadt, das stolze Sydney, die City der Südsee, der einzige Stapelplatz für den großen Handel der ganzen Provinz, wurde 1788 durch Arthur Phillip, den Sohn eines Frankfurter Sprachlehrers zu London, gegründet. Lange Zeit auch von England aus gänzlich vernachlässigt, hatte Neu-Süd-Wales in den ersten 25 Jahren des Bestehens nur eine kümmerliche Existenz. Nur als die Schaafszucht so unerwartete Reichthümer schaffte, wandte sich die Spekulation von England dahin und ist bis auf den heutigen Tag in den australischen Colonieen in progressivem Steigen begriffen. Der deutsche Handel nach Sydney wurde lange vernachlässigt, Consuln und Handels-Agenten nicht ernannt, und Niemand dachte, den Consum deutscher Fabrikate, welche durch englische Vermittlung nach Sydney gelangten, durch direkte Handelsverbindungen, durch unmittelbare Einfuhr derselben zu steigern. Die direkte Schifffahrtsverbindung beschränkte sich bis auf die neueste Zeit auf vereinzelte Wallfischfänger aus nord-deutschen Häfen, welche gelegentlich in Port Jackson Anker warfen. Erst in den letzten Jahren hat man es unternommen, deutsche Schiffe mit deutschen Fabrikaten, wie Tuche, Seiden- und Eisenwaaren ꝛc. direkt in Sydney zu importiren, deren glückliche Erfolge auf vermehrte Einfuhren hoffen lassen. In Sydney mag sich die Zahl der deutschen Familien auf 50 beschränken, die größtentheils weniger umfangreichen kaufmännischen und gewerblichen Beschäftigungen angehören, keineswegs also irgend eine bemerkenswerthe Stellung in dem großen Verkehr der australischen Hauptstadt einnehmen können. Zu verschiedenen Zeiten suchten auch hier die Grundbesitzer deutsche Colonisten für ihr Territorium zu gewinnen, und noch immer bemüht man sich, das Augenmerk bald auf den Hunter, bald den Mac-Quarie bis nach Moreton-Bay zu lenken. Nur einzelne wenige Gruppen landeten in Folge dessen im Hafen von Port Jackson, die sich dann über die weiten Flächen von Neu-Süd-Wales verloren. Der Graf Strzelecki fand auf seinen Reisen durch Australien zu Camden, einer Besitzung des Herrn Mac-Arthur, in der Nähe von Paramatta eine Ansiedlung deutscher Win-

zer von der Mosel. Sie waren die ersten auf dem australischen Con-
tinente, welche mit Erfolg die Rebe zum Weinbau pflegten. Nach
Berichten aus Frankfurt a. M. verließen 1848 an dreihundert, 1849
über sechshundert Landleute und Winzer vom Oberrhein und der Mosel ihre Heimath, um in Neu-Süd-Wales Schaafszucht und Weinbau zu betreiben. Sie waren besonders durch den deutschen Consul
Kirchner zu Sydney angeworben. Von ihrem weitern Schicksal ist
Nichts bekannt geworden. Deutsche Niederlassungen finden sich auch
auf den Besitzungen eines Herrn O'Brien bei Liverpool, bei Seven
Creeks und Yaß-Stadt auf dem Wege von Sydney nach dem Mur-
rumbedgee. Ihre Gründer gehören der arbeitenden Klasse an, die
außer ihren Muskeln keine Glücksgüter dieser Erde besaßen, auf
Kosten der Land- und Heerdenbesitzer herübergeschifft waren, und
jetzt mit ihrer Hände Arbeit die vorgeschossenen Capitalien abtragen.
Für den selbstständigen Einwanderer sind in Neu-Süd-Wales vor
allen die Mühseligkeiten des Colonial-Lebens nicht im Verhältniß
zum materiellen Gewinne. Der Deutsche kann nicht genug darauf
hingewiesen werden, daß er überall, wo er mit englischen Colonisten
in Berührung tritt, durch ihre Ausdauer, Unternehmungslust und
Rührigkeit auf allen Gebieten des Schaffens eine schwere, gewöhnlich ihn bei weitem überflügelnde Concurrenz finden wird.

Unter den Deutschen, welche in Australien durch die allgemeinen
Ergebnisse ihres Schaffens einen Ruhm sich erworben, strahlt ein
Name hervor, der ruhmvoll auf allen Punkten der civilisirten Erde
genannt wird und zu allen Zeiten dem Gedächtniß der Menschheit
in verehrungswürdigem Andenken eingeprägt bleiben wird, vermöge
der Triumphe ohne Beispiel, welche er im Kampfe mit der wilden Natur
Australiens für die Ausbreitung späterer Civilisation durch den Continent
davon getragen. Dieser Name ist Dr. Ludwig Leichhardt, gebürtig
aus Beeskow in Schlesien. Auf seinen natur-historischen Reisen kam er
1841 in Australien an, lebte dann zwei Jahre zu Moreton-Bay unter unaufhörlichen Excursionen in das Innere, und trug während dieser Zeit
nicht Weniges zu den bereits bekannten, für die Ansiedler bewohnbaren
Distrikten des australischen Hinterlandes bei. Auf diese Weise durch
lange Arbeiten mit den Mühen der australischen Expeditionen vertraut gemacht, konnte er Muth und Vertrauen zu sich selber fassen,
ein Problem zu lösen, welches schon lange Jahre die Colonisten beschäftigt hatte, gerade damals aber die Aufmerksamkeit des gesetzge-

benden Rathes und der gesammten Einwohnerschaft von Neu-Süd-
Wales besonders in Anspruch nahm: Eine Reise über Land von
Moreton-Bay nach Port Essington. Die Regierung von
Sydney hatte den berühmten Reisenden Sir Thomas Mitchell für
die Expedition ausersehen. Während aber die Genehmigung der Regierung von England eingeholt ward, entschloß sich Leichhardt, eine
Entdeckungs-Expedition für denselben Zweck aus seinen eigenen Mitteln und mit Unterstützung seiner Freunde aus zu rüsten und sie selbst
zu leiten. Er fand in Sydney große Opposition, sein Plan wurde
vielfach als „toll, als absichtlicher Mord" hingestellt und Warnungen gegen Unterstützung eines solchen Verbrechens durch Beisteuern
in öffentlichen Blättern erlassen. Am 13. August 1844 verließ er
dennoch mit sechs Begleitern Sydney, segelte nach Moreton-Bay,
in Brisbane gesellten sich noch vier Gefährten zu ihm, und mit
Allem auf das dürftigste ausgestattet betrat er Anfangs October
desselben Jahres die Wildniß. Die einzigen Instrumente, welche er
mit sich führte, waren ein Sertant, ein künstlicher Horizont, ein
Chronometer, ein Hand-Compaß, ein kleines Thermometer und Ar-
row-Smiths Karte von Neu-Holland. Mit diesen wenigen wissenschaftlichen Werkzeugen ausgerüstet legte er die größte und denkwür-
digste aller australischen Reisen, eine Strecke von 3000 engl. Meilen
zurück, er langte am 17. Dezember in Port Essington, und am 29.
März 1845 glücklich wieder in Sydney an, wo der längst todt Ge-
glaubte mit unbeschreiblichem Jubel begrüßt wurde. Die Wichtigkeit
dieser Reise *) hat der damalige Präsident des Parlaments von Neu-
Süd-Wales bei Gelegenheit eines zu Ehren Leichhardt's veranstal-
teten Festes dargelegt; hören wir daher, wie er zum Ruhm unsers
Landsmannes sich ausließ: „Es ist in der That schwer für mich,
Worte zu finden, durch welche ich gebührend den Enthusiasmus, die
Ausdauer und die Kraft, mit welcher Sie Ihre gefahrvolle Reise
durch einen Theil der bisher noch unbetretenen Wildniß Australiens
angetreten und vollbracht, bezeichnen könnte. Ein Enthusiasmus,
jede Entmuthigung bekämpfend, eine Ausdauer, jede Prüfung und
jedes Ungemach überwindend, vor welchem gewöhnliche Geister, sie
für unübersteiglich haltend, zurückgeschreckt sein würden, eine Kraft,
welche Sie das zuerst und ursprünglich gesteckte Ziel erreichen ließ ...

---

*) Sie wurde von Ernst A. Zuchold ins Deutsche übersetzt. Halle bei Schmidt.

Es ist für mich überflüssig, die Umstände zu wiederholen, unter wel=
chen die Idee einer Landreise nach Port Essington auftauchte. Die
geringe Zahl Ihrer Reisegefährten und die Beschränktheit Ihrer Mit=
tel, die bedeutende Strecke und der unbekannte Charakter der Gegend,
welche Sie zu durchreisen beschlossen, mußte den Entwurf als einen
voreiligen, die Mittel in Anbetracht des damit zu erreichenden Zweckes
als vollkommen unzureichend erkennen lassen. Viele verweigerten
eine Unterstützung aus Furcht, sie möchten für den Ausgang der
Unternehmung verantwortlich sein, und dieser müsse dem Anscheine
nach für die kleine, wenn auch kühne Gesellschaft unvermeidlich un=
glücklich ausfallen. Nichts desto weniger brachen Sie in unbekannt vor
Ihnen liegende Gegenden auf. Nach Verlauf einiger Monate ohne
Nachrichten über ihr Fortkommen oder Ihr Schicksal nahm man all=
gemein an, Ihre Reisegesellschaft sei als Opfer einer der mannig=
fachen Gefahren, welche derselben begegnen müßten, erlegen, Sie
wären durch die Hand feindlicher Wilden des Innern gefallen. Was=
sermangel oder der Einfluß des tropischen Klimas waren wenn auch
in geringerem Maaße unheilvolle Umstände, denen Sie Sich ausge=
setzt, und man hielt es für wahrscheinlich, daß Sie als eine Beute
desselben gefallen wären. Zwei Gesellschaften brachen nach einander
auf in der Hoffnung, Sie ein zu holen, oder wenigstens Gewißheit über
Ihr Schicksal zu erhalten. Der Erfolg dieser Anstrengungen war
indeß ein fruchtloser, und nur Wenige hofften, daß Sie und Ihre
Begleiter noch am Leben seien. Ich habe nicht nöthig, der Versamm=
lung die Ueberraschung, den Enthusiasmus und die Freude ins Ge=
dächtniß zurück zu rufen, mit welchen Ihr plötzliches Erscheinen in
Sydney sechs Monate später begrüßt wurde. Die Ueberraschung
war ungefähr der gleich, von welcher man betroffen wird, wenn man
einen aus dem Grabe Auferstandenen erblickt; es kam ihr aber auch
das warme und herzliche Willkommen gleich, mit welchem Sie von
jedem Colonisten umarmt wurden. Und wenn wir der Erzählung
Ihrer langen und mühseligen Reise zuhören — der Entbehrungen,
welche Sie erduldet, der Gefahren, welchen Sie getrotzt, der Schwie=
rigkeiten, welche sie überwunden — so weichen die Gefühle, mit wel=
chen Sie wieder unter uns aufgenommen wurden, der ungetheiltesten
Begeisterung. Es würde in der That schwierig sein, irgend einen
Reisenden zu nennen, dessen Weg die Durchführung eines eben so
kühnen Unternehmens auf der einen Seite darböte, und auf der an=

dern durch die Resultate, betrachte man sie sowohl in wissenschaftli=
cher als auch in ökonomischer und politischer Hinsicht, gleich wichtig
wäre. Wenn eine so große Strecke von der Oberfläche unseres Lan=
des von einem civilisirten Manne zum ersten Male durchdrungen
wird, so kann man die verschiedensten Entdeckungen erwarten, welche
den wissenschaftlichen Forscher, sei es in der Geologie, der Botanik
oder Zoologie im höchsten Grade interessiren. Ihre Beiträge zu jeder
dieser Abtheilungen der Wissenschaft sind gleich neu und werthvoll.
In socialer wie in politischer Hinsicht ist es schwer, ja unmöglich,
die Wichtigkeit der kürzlich gemachten Entdeckungen jener unbegränz=
ten fruchtbaren Landstriche zu überschätzen, welche sich gegen Norden
ausdehnen und bald mit unzähligen Heerden als Wohnsitz des
civilisirten Menschen gesucht sein werden. In politischer Hinsicht
kann der Besitz eines umfangreichen Landstriches, der zuerst entdeckt
wird, um mit all den Gaben der Natur, die zum Bestehen und Ge=
deihen der civilisirten Gesellschaft nothwendig, erfüllt zu werden, nur
als etwas höchst Wichtiges betrachtet werden; wie auch der Besitz
einer ununterbrochenen Strecke schönen und fruchtbaren Landes, wel=
ches uns mit den Küsten des indischen Ocans in Verbindung bringt,
was den australischen Continent als eine Vergrößerung des indo=
anglikanischen Reiches von nicht geringer Bedeutung erscheinen läßt.
Es ist unmöglich, die Wichtigkeit von alle dem in diesen Betrachtun=
gen zu übertreiben — doch muß ich davon abstehen. Die Coloni=
sten von Neu=Süd=Wales, Herr Dr. Leichhardt, sind besorgt ge=
wesen, Ihnen ihre Dankbarkeit für Alles an den Tag zu legen, was
Sie zum Besten des von Ihnen als Heimath erwählten Landes ge=
than haben. Sobald Ihre Rückkehr bekannt geworden war, wurden
Subscriptionen eröffnet, um Ihnen auf eine entsprechende Weise die
Anerkennung Ihrer Verdienste an den Tag zu legen. Zu der Summe
steuerten Personen jedes Standes bei; es flossen Beiträge aus allen
Theilen der Colonie herbei. Sie beläuft sich jetzt auf **1518** Pf.
Die Colonial=Regierung hat Ihnen in lobenswerthem Nacheifer eben=
falls eine Summe von **1000** Pf. aus den Kroneinkünften ausge=
setzt. So angenehm diese Beweise der Anerkennung Ihr Inneres
berühren werden, sind sie doch in Bezug auf Ihre Verdienste viel
zu unzureichend. Der wesentlichste Ihnen für Ihr Unternehmen ge=
bührende Lohn liegt in dem unvergänglichen Ruhme, Ihren Namen
in die Reihen jener großen Männer aufgenommen zu sehen, deren

5

Genie und Unternehmungsgeist Sie begeisterte, Ihren Ruhm in der Erweiterung unserer geographischen Kenntnisse zu suchen, in die Reihe eines Niebuhr, Burckhardt, Park, Clapperton, Länder, oder, was die Kunde Australiens betrifft, eines Orley, Cunningham, Sturt, Eyre und Mitchell. In unserer Zeit des allgemeinsten Wissens, die für alle Fächer ausgezeichnete Gelehrte auf zu weisen hat, erreichen Wenige das Ziel wissenschaftlicher Höhe. Keiner von Allen hat aber mehr Grund zu hoffen, seinem Namen Unsterblichkeit verliehen zu haben, als der, welcher bis dahin von dem Fuße civilisirter Menschen noch nicht betretene Gegenden durchwanderte. Das erste Capitel in der Geschichte Australiens wird noch nach Tausenden von Jahren erzählen von diesen kühnen Geistern, durch deren friedliche Triumpfe dem Vaterlande ein Reich unterworfen wurde, deren Thaten denen eines ersten Eroberers gleichen. — Sie haben die Absicht ausgesprochen, in wenigen Wochen eine neue Forschungsreise an zu treten. Nachdem Sie die letzte so glücklich zurückgelegt, kann es nicht befremden, wenn Sie Hoffnungen für glückliche Erfolge in der Zukunft hegen. Die göttliche Vorsehung möge Sie auf Ihren Wanderungen geleiten und Ihre neuen Arbeiten mit neuen Lorbeeren krönen — das ist der heißeste von allen Wünschen für Ihr Wohl. Ich bitte Sie jedoch, Ihr Leben nicht unnöthiger Weise aus zu setzen, das Leben, um dessen Erhaltung doch Jeder so sehr besorgt ist. Mit der Versicherung der Dankbarkeit, Werthschätzung und Bewunderung von Seiten meiner Freunde, der Colonisten, erlaube ich mir nun, Ihnen einen Theil der durch öffentliche Subscription eingegangenen Summe zu überreichen." —

Die geographischen Gesellschaften von London und Paris übersandten ihm ihre goldenen Medaillen. Kaum hatte Leichhardt sein Tagebuch vollendet, als er abermals auf die Ausrüstung einer Expedition bedacht war. Der kühne Plan, der ihn beseelte, war kein geringerer, als quer durch den Continent, so viel als thunlich nach dem Schwanenfluß durch zu dringen — ein riesiges Unternehmen! Er selbst schreibt in einem seiner Briefe: „Ich beginne meine Reise wiederum von einer der westlichen Stationen der Darling-Dünen, welche im Westen von Moreton-Bay liegen, verfolge meinen früheren Weg zu den Tropen bis zum 22–44° S. Breite, und wende mich dann gegen Westen, um die Ausdehnung jener interessanten Gegend zu bestimmen und zu versuchen, ob ich in dieser Breite in

das Innere von Australien vordringen kann. Es ist indeß schwer
zu bestimmen, welchen Weg ich ein zu schlagen habe; ich hänge gänz=
lich von der Gegenwart des Wassers ab, und muß voran schreiten,
wie ich solches finde. Es ist selbst möglich, daß ich zum · Golf von
Carpentaria zu gehen und einem der Flüsse zu seinen Quellen zu
verfolgen habe, um dem Innern von Australien näher zu kommen.
Dies wird von Capt. Stokes empfohlen, und ich werde diese seine
Bemerkung nicht aus den Augen verlieren." — Er wollte durch
diese Reise, deren Ziel West=Australien war, die Entdeckung des In=
nern von Australien, die Ausdehnung der Wüste Sturts, die Er=
forschung der Nord=West= und West=Küste, des Wechsels und der
geographischen Verbreitung der Pflanzen und Thierformen von einer
Küste zur andern verfolgen. Er selbst glaubte diese Reise unter
2¼ Jahren nicht zurück legen zu können.

Im Dezember 1846 verließ er abermals in Begleitung von acht
Männern Sydney, und führte 12 Pferde, 15 Maulthiere, 20 Stiere,
270 Schaafe mit sich. Als er jedoch den Mackenzie erreichte, wurden
die Stiere toll, sie liefen auseinander und er sah sich gezwungen, nach
den Darling=Dünen zurück zu kehren. Im Dezember 1847 brach
er abermals in Begleitung eines Schwagers, August Claasen aus
Hamburg, auf; er war bereits 300 Meilen nach Nord=Ost vorge=
drungen, und kehrte dann zurück, die werthvollen Entdeckungen be=
kannt zu machen, welche er auf dieser Strecke bereits erzielt, da=
mit sie nicht verloren gehen möchten, von Ahnungen getrieben,
nie wieder zurück zu kehren. Dann brach er abermals in die Wild=
niß auf und seit dem (Ende 1848) ist jede Spur von ihm
verloren. Seine Ahnung scheint die Erfüllung gefunden zu haben.
Man hat wiederholte Expeditionen ihm nachgesandt, selbst in Port
Essington nach ihm geforscht — aber vergebens. Die Zeit, in wel=
cher er seine Reise zurück legen wollte, ist längst vorüber, die Hoff=
nung, ihn zum zweiten Male aus dem Dunkel des innern Austra=
liens auftauchen zu sehen, ist auf ein Minimum zusammengeschrumpft.
Das niederländische Gouvernement*) forderte alle malayischen Tre=

---

*) Das Circular, welches 40—50 malayischen Schiffs=Capitainen eingehändigt
wurde, lautet, wie folgt: „Der Nakodah des Prahu, genannt —, im Begriff, nach
der Nordküste Neu=Hollands ab zu segeln, ist beauftragt worden, bei seiner Ankunft
daselbst mit allen ihm zu Gebote stehenden Mitteln zu erforschen, ob der englische
Reisende Dr. Leichhardt und sein Gefolge, welche Sydney vor einiger Zeit verließen,

pang=Fischer, welche alljährlich vom ostindischen Achipel die Nordküsten
des australischen Festlandes besuchen, auf, nach dem Dr. Leichhardt und
seinen Gefährten an den benachbarten Küsten zu forschen und versprach
vollen Ersatz für die Mühen.   Englische Zeitungen haben den Tod
Leichhardt's als ausgemacht gemeldet, man behauptete, er sei von den
Eingebornen erschlagen.   Gewisse Kunde über sein Schicksal ist noch
von keiner Seite geworden.   Man glaubt, daß er dem früher von
Mitchell eingeschlagenen Weg von Mount Abundance zum Victoria=
Fluß verfolgt, und hier denselben bis zu seiner Vereinigung mit dem
Alire verfolgt habe.   Noch um die Mitte des vorigen Jahres beschäf=
tigte man sich in Sydney mit der Ausrüstung einer neuen Expedi=
tion, um Kunde über sein Geschick ein zu holen.   Der Erfolg wird
wahrscheinlich erfolglos sein und Leichhardt auf immer menschlicher
Kunde entschwunden bleiben.   Bei seiner Ankunft nach seiner so
langen Abwesenheit während der ersten Expedition hatte einer seiner
Freunde schon eine Elegie auf seinen Tod, von dem er wider Er=
warten auferstehen sollte, gesungen; der Leser wird in den Wunsch,
ihm die letzte Ehre zu erweisen, wo immer seine Gebeine gefunden
werden möchten, gewiß theilnehmend einstimmen:

> „Ye you prepare with pilgrim feet
>   Your long and doubtfull path to wend
> If — whitening on the waste — ye meet
>   The relics of my murdered friend —
> His bones with reverence ye shall bear
>   To where some mountain streamlet flows;
> There, by its mossy bank prepare
>   The pillow of his long repose."

um das Land in nordwestlicher Richtung zu durchreisen, sich irgendwo in der
Nachbarschaft befinden; und, falls er auf dieselben stoßen sollte, ihnen diesen Brief
vor zu zeigen, und alle Hülfe, welche irgend in seiner Macht steht, zu leisten, ent=
weder sie mit Lebensmitteln zu versorgen, oder ihnen Gelegenheit zu geben, sich
am Bord des Prahu nach Macassar ein zu schiffen.

Er hat zugleich die Zusicherung erhalten, daß das Gouvernement von Hollän=
disch=Indien ihn für alle Unkosten des Transportes oder sonstiger Hülfe entschä=
digen wird, sobald er eine Bescheinigung seitens der betreffenden Gesellschaft
beibringt."

Macassar 2. Dezember 1850.

P. Vreede Beck,
Gouverneur der Insel Celebes und den dazu gehörigen
Besitzungen.

Außer Leichhardt verdienen noch zwei andere neuere Reisende namhaft gemacht zu werden. Der Graf Strzelecki, aus dem Großherzogthum Posen gebürtig, ist einer jener in die Welt versprengten Polen, welche sich außerhalb ihres niedergedrückten Vaterlandes eine Berühmtheit erwarben. Seine „Physikalische Beschreibung von Neu-Süd-Wales und Van Diemens-Land" (London 1845) ist ohne Zweifel das wissenschaftlichste Werk, welches auf diesem Felde über Australien bis jetzt veröffentlicht ist. Der zweite ist Friedrich Gerstäcker, der auf seinen rastlosen Streifzügen durch die Welt auch Australien besuchte, und, nach seinen Briefen zu schließen, selbst die Reise durch die Mitte des süd-östlichen Continentes längs des Murray von Sydney nach Adelaide zurück legte, der erste Deutsche, welcher diese Strecke bereiste. Von seinen Reiseberichten ist des Interessanten viel zu erwarten.

Von den übrigen Colonien in der Südsee wären noch die Deutschen in Neu-Seeland zu erwähnen, wenn von ihrem Schicksal mehr nach Europa gedrungen wäre. Mit der Gründung der ersten geregelten Colonisation durch die Neu-Seeland-Compagnie wurden durch diese nach dem Beispiel Süd-Australiens 250 deutsche Ansiedler angeworben. Die schweren Schicksale, durch welche die ersten Ansiedlungen im Kampfe mit den Eingebornen so sehr heimgesucht wurden, trafen auch sie, und wahrscheinlich zerstreuten sie sich dann über Australien oder die Inseln Polynesiens.

Bei den sich täglich wiederholenden Bestrebungen überseeischer Länder, deutsche Colonien in ihren Gränzen erstehen zu sehen, möchte hier zum Schluß noch die Frage eine kurze Beantwortung finden, ob es im Interesse deutscher und nationaler Colonisation sein kann, unter oder neben dem anglo-sächsischen Volksstamme solche zu beginnen? Eine Frage, die, so nahe sie liegt, bis jetzt nicht aufgeworfen zu sein scheint, vielleicht nur, weil dem Deutschen die Antwort sich von selbst zu ergeben scheint. Sie verlangt auch in der That nicht einmal eine tiefere national-ökonomische Darlegung der merkantilischen, industriellen und politischen Verhältnisse Großbrittanniens und der anglo-sächsischen Raçe in der amerikanischen Union gegenüber dem deutschen Handel, der deutschen Industrie und den deutschen nationalen Zuständen; es bedarf keiner Abwägung der Ausdauer und Arbeitskraft eines englischen Arbeiters, der Bedeutsamkeit des englischen Capitals, des Umfangs der Communika-

tions=Mittel und der hundertfachen Vorsprünge, welche die Spröß=
linge der brittischen Inseln und in allen Ländern, in denen sie sich
niederließen, vor allen andern Stämmen voraus haben. Es bedarf
nur eines einfachen historischen Rückblicks.

Vor allen deutschen Stämmen zeichneten sich von Alters her
durch ihre Ursprünglichkeit, naturwüchsige Kraft, Selbstständigkeit, ja
Unbeugsamkeit des Charakters die Bewohner jener Länder aus, welche
im Nordwesten von Deutschland die See umkränzen — die Bewohner
vom Niederrhein und der Schelde, von den Wohnsitzen der alten Bata=
ver durch Westphalen bis hinauf nach Holstein und den nordfriesischen
Küstenländern im heutigen Jütland. Mögen sie zu verschiedenen Zei=
ten und in verschiedenen Distrikten verschiedene Namen geführt ha=
ben, mögen sie in Sitten, Gewohnheiten und Sprachweisen im
Einzelnen von einander abweichen — für den Historiker ist es kein
Zweifel, kann es kein Zweifel sein, daß die verschiedenen Namen der
verschiedenen Völker und die von einander abweichenden Sitten, Ge=
bräuche und Sprachen innerhalb dieses Landstrichs nur Schattirun=
gen in den Theilen eines großen gemeinsamen, scharf gezeichneten
Stammes sind — er mag als der alt=sächsische bezeichnet werden.
Er war es, welcher mit dem ersten Erscheinen die formidabele Ge=
walt der germanischen Völker in die rombeherrschte Welt schleuderte,
er war es, welcher als starke Vormauer der germanischen Raçe dem
römischen Adler ein Halt gebot und an seinen Schildern die Schwer=
ter der nie besiegten Imperatoren zerspringen ließ, er war es, der
germanische Freiheit gegen römische Herrschaft, somit die Selbstständig=
keit und Ursprünglichkeit der germanischen Völker, und die ganze Be=
deutung, welche dieselben für Gegenwart und in ferner Zukunft für
die Civilisation der Erde haben, erhalten hat. Diese naturwüchsige
Kraft schuf diesen Stamm auf viele Jahrhunderte zum edelsten der deut=
schen Stämme, er stand im Vordergrunde seiner Geschichte, die deut=
sche Geschichte fiel im Wesentlichen mit seiner Geschichte zusammen.
Der National=Kampf zwischen Sachsen und Franken war nur ein
Kampf für Aufrechthaltung rein germanischer Selbstständigkeit gegen
die Einflüsse fränkischer, von römischen Institutionen durchdrungenen
Wesens, der Vernichtungskampf daher verzweiflungsvoll, ohne Glei=
chen an Hartnäckigkeit und Ausdauer.

Der sächsische Stamm mußte sich den Franken beugen. Frän=
kische Institutionen begannen sofort die ursprüngliche Naturkraft im

Laufe der Jahrhunderte zu schwächen, römisches Recht verdrängte den
Sachsenspiegel, zersplitternde und beschränkende Territorial=Herrschaft
mittelalterlichen Geistes trat an die Stelle gemeinsamen Rechtes, bis
kirchliche Hierarchie, dynastische Zerrissenheit, und neben andern Welt=
einflüssen zuletzt steigende Ausschließung des Volkes von Dingen der
Allgemeinheit und Ausbildung der Regierungsgewalt in Händen Ein=
zelner den Stamm verkümmern ließen. Aber noch viele Jahrhunderte
nach der Niederlage schuf sich die thätige Kraft dieses Volkes neue
Felder, sich zu zeigen. Vom Süden zurückgetrieben durch das Schwert
Karls wandten sie sich dem Osten zu, als siegreiche Krieger und
treffliche Colonisten verpflanzten sie germanisches Wesen in die slavi=
schen Länder jenseits der Elbe, jene Länder, in denen wir heute die
Glanzstätten ächt deutscher Intelligenz finden; sie trugen es bis an
den Niemen und in die kurischen Ebenen. Die Hansa und die Blüthe
deutschen Handels war das Werk dieses Stammes, als Anarchie die
deutschen Länder durchtobte, hatte er Kraft, sich zum Schrecken der
Feinde der Ordnung zu machen, aber mit dem sechszehnten Jahr=
hundert sank das Streitroß Wittekinds rasch zum Ackerpferd herab.
Nur der Historiker verfolgt noch, welch' ein herrliches Volk durch Un=
gunst der Verhältnisse in seiner Kraft gebrochen wurde, wenn gleich
die Nachkommen noch heute nicht die Urkraft der Vorfahren ganz einge=
büßt, und findet nur in einzelnen Reliquien die verkümmerten Fragmente
eines öffentlichen Lebens, in dem dasselbe Volk auf denselben Grund=
lagen in seinem ureignen Geiste unter günstigeren Verhältnissen zu
einem riesigen Baume sich entfaltete, deßgleichen die Welt bis jetzt
noch nicht sah, d. i. in England. Die Bewohner der brittischen
Inseln konnten sich den entsendeten Söhnen dieses Volksstammes
nicht erwähren — die ganze Ursprünglichkeit des Stammes wurde
in unverfälschter Reinheit hierher verpflanzt, das celtische Element
verschwand vor ihm bis auf die Trümmer in den Gebirgen von
Cornwall, Wales und Schottland. Diese eingewanderten Sachsen
waren der einzige deutsche Stamm, der hinreichende innere Kraft be=
saß, nach der Völkerwanderung seine Nationalität vor dem Einflusse
des unterjochten Volkes zu bewahren. Franken, Burgunder und Nor=
mannen wurden absorbirt von den romanisirten Celten in Gallien,
Longobarden und die Germanen im Süden der italischen Halbinsel
wurden Italiener, Vandalen wurden Andalusier, und Gothen jen=
seits wie diesseits der Pyrenäen verloren sich nicht minder unter den

romanischen Raçen — nur die Sachsen in England blieben Sach=
sen. Die Einflüsse, welche im heimathlichen Lande ihrer Väter durch
nicht zu ermüdende Geschicke Lähmung der Kraft herbeiführten, blie=
ben hier fern, begünstigt durch die insulare Lage entwickelten sie sich
in der ganzen ursprünglichen Reinheit, im ureignen Geiste jenes
Volkslebens, welches die ideale Phantasie eines Tacitus mit Be=
wunderung erfüllte. Das Christenthum, hier weit entfernt, die heid=
nische Kraft zu schwächen, trug nur dazu bei, durch Anregung eines
geistigen Lebens jene in geregeltere Bahn zu führen und um so
fruchtbarer zu machen. Der Katholizismus in England hat als sol=
cher nie einen nachtheiligen Einfluß auf die Umgestaltung alt=sächsi=
scher Institutionen geübt — wo er hier thätig war, wirkte er im
Sinne der allgemeinen Civilisation, zur Ausbildung der ursprüng=
lichen Grundlagen und zur frühen Befreiung von unnatürlichen Aus=
wüchsen mittelalterlicher Verirrungen. In keinem Lande der civili=
sirten, modernen Welt wurde die Aufrechthaltung der Ueberlieferun=
gen unvordenklicher Zeiten sorgsamer bewacht als hier, nirgends wur=
den die Angriffe auf sie kühner und erfolgreicher zurückgewiesen als
hier, nirgends fanden römisches Recht, moderne Fürstengewalt und
centralisirte Büreaukratie bei alter traditioneller Selbstregierung ein
ungünstigeres Feld als hier. Wie die sächsischen Abkömmlinge die
entgegenstehenden Elemente verdrängten oder sich assimilirten, konnten
auch äußere Einflüsse, selbst wenn sie entscheidend und auf lange Jahr=
hunderte zu wirken schienen, niemals den Charakter des Volkes än=
dern. Wie die Sachsen in der Heimath Karl dem Großen er=
lagen, verfielen die Sachsen in England auf den Feldern von Ha=
stings den Normannen. Ihr Schicksal schien für immer besiegelt,
aber die Unbeugsamkeit des Naturells machte hier die Besiegten zu
Siegern. Geschlagen durch die Waffen siegten sie durch ihre mo=
ralische Stärke. Sie assimilirten sich die Sieger in kurzem Zeit=
raum so sehr, daß sie sich nur als unzertrennliche Glieder desselben
Volkes betrachten mußten, — sie verbanden sich mit ihm gegen ty=
rannische Herrscher und diktirten ihnen auf den Feldern von Runni=
mede die Magna Charta, in Wahrheit nichts anderes als die Be=
stätigung jener alt=sächsischen Gesetze unvordenklicher Zeiten. Als
dann nach Jahrhunderten die auswärtigen Kriege der Plantagenets
und die zerstörenden Bürgerkriege der Rosen aufhörten, die unge=
schwächte Thatkraft des Volkes von der friedlichen Beschäftigung

auf den Feldern des Schaffens fern zu halten, waren die Erfolge
dieses Volkes in Gewerbe, Handel und Industrie ohne Gleichen in
der Geschichte der Menschheit. Von einem armen Volke von Hirten und Ackerbauern hat es sich zum reichsten der Welt empor ge-
schwungen; früher Spanien, Holland und der Hansa unterthan, mußten Hansa, Holland, Spanien fallen, um auf den Trümmern dieser
seine Größe zu bauen. Wenige Jahre nach der Heimkehr des dauernden Friedens schwanden die Faktoreien der Hansa an der Themse,
die Armada sank in die Fluthen und Holland mußte ihm weichen.
Wo ihm im Laufe der letzten Jahrhunderte im fremden Lande ein Punkt
eingeräumt wurde, er war der Hebel, von ihm aus die Mauern zu durchbrechen, die sich seiner siegreichen Ausbreitung entgegen setzten. Die Faktoreien von Hamburg waren der Ausgangspunkt, Deutschland und den
ganzen Norden von Europa seinem Handel zu unterwerfen. Wie im
Norden Hamburg, war im Süden Gibraltar das Bollwerk, um von ihm
aus Industrie und Flotte der pyrenäischen Halbinsel zu vernichten.
Die Faktoreien von Calcutta und Madras waren die kleinen Anfangspunkte, Indiens Schätze zu heben und das Banner von Albion in
die Wiege der Menschheit, an die Quellen des Indus zu verpflanzen, das von hier vielleicht über den Hellespont und das Reich
Alexanders den Weg nach Europa zurück finden wird. Was hin-
dert uns, Angesichts solcher Thatsachen, an zu nehmen, daß das Nest,
welches in die Felsen von Aden gehauen, Ophir und Salomons
besungenen Schätze, das glückliche Yemen öffnen, und die Faktoreien
von Hong-Kong der Widder sein werden, die schon wankenden
Mauern des starren himmlischen Reiches zum Falle zu bringen, deren
Trümmer keinem andern Volke der Erde, als dem anglo-sächsischen
als Beute zu Fuße fallen können? Wende man den Blick hinüber
nach den transatlantischen Gestaden. Wiederum der sächsische Stamm
war es, welcher ausgehend von dem anfänglich so unbedeutenden
Virginien hier die große That des Columbus zu einem für die Zukunft der Menschheit unberechenbar bedeutungsvollen Ereigniß erhob,
der die ganze eine Hälfte eines ungeheuren Festlandes innerhalb
weniger Jahrhunderte der europäischen Gesittung eroberte und hier
Fundamente baute, deren künftige Bedeutung für die Weltgeschichte
heute nur geahnt werden kann. Wie früher in England mußte auch
hier alles untergehen, was sich ihm an zu schließen, in ihm auf zu
gehen sich sträubte. Wiederum der sächsische Stamm war es, wel-

cher noch innerhalb unseres Gedächtnisses europäische Bildung nach dem wüsten Continent der Südsee, nach Australien verpflanzte, und hier schon innerhalb so weniger Jahre glänzende Staaten und die Herrschaft eines weiten, großen, inselreichen Oceans errang. Wie die Altvordern das alt-sächsische Wesen nach den Inseln der Bretonen brachten, wurde dasselbe in gleicher Reinheit in die neuen Welten verpflanzt, und wie Celten und Slawen vor ihm wichen, kannte derselbe auch hier noch viel weniger ein Anschmiegen an die vorgefundenen Stämme. Die Spanier schufen Mischraçen von Romanen und Indianern, gleich unfähig für die Naturzustände vorpizarroscher Zeiten und die Gesittung der modernen Welt — den Sachsen gegenüber muß die Indianerwelt untergehen und ihr ersteht kein Rächer. Wie aber dem Untergange geweiht ist, was sich ihm nicht anschließen kann, ist alles was in dem Bereiche einer anglo-sächsischen Bevölkerung absorptionsfähig ist, einem nicht minder sichern Untergange in seiner Selbstständigkeit geweiht. Holländer, Franzosen, Spanier und Deutsche schufen neben Anglo-Sachsen in Amerika Colonien. Nur aus der Geschichte wissen wir noch, daß das Emporium der Union, New-York, von Holländern gegründet wurde. Die Franzosen nahmen Louisiana, Nieder-Canada, Quebeck, Maine, Vermont ꝛc. in Besitz, sie zogen die kühne Kette von Niederlassungen, welche von der Mündung des St. Lawrence und dem Erie-See über Du Quesne und St. Louis bis nach New-Orleans am Ausgang des Missisippi die Sachsen in Neu-England erdrücken sollte. In Louisiana und am Mobile erinnern nur noch französische Namen und ein unverständliches Patois an die einstigen Pflanzstätten französischer Colonisation, in Canada blieben sie zwar noch heute die Franzosen des 17. Jahrhunderts — sie sind aber schon lange politisch beherrscht von Anglo-Sachsen, Vermont und Maine sind eben nur noch gallische Namen, und jene kühne Kette zum Schutze des Missisippi-Gebietes, wo hat sie dem Weiterdrängen der Anglo-Amerikaner in Neu-England ein „Halt" geboten? Und die Spanier in Florida, in Texas, in Californien — sie hatten kein besseres Loos, als die Franken, sie wurden Eigenthum derselben unwiderstehlichen Nation. Wird sich die gesammte romanische Welt Amerikas nach solchen Präzedentien seiner Herrschaft entziehen können? Und die Deutschen, unsere eigenen Landsleute, was sind sie geworden, was wird aus ihnen werden? Wenn die romanischen Stämme un-

aufhaltsam vor dem anglo-sächsischen weichen und in ihm aufgehen,
wie können wir uns wundern, wenn das deutsche Element in der
Union von dem herrschenden, stammverwandten so mächtig angezogen
und aufgenommen wird. Die Millionen Deutsche, so unendlich wichtig für die Entwickelung der Union, mögen sie in compakteren Massen,
wie in Pensylvanien und Ohio, sich noch längere Zeit als jene große
Schaar, welche sich durch das unbegränzte Gebiet der Ansiedlungen
in einzelnen Gruppen zerstreut und fast schon mit dem Tage der
Landung verloren ist, sich noch als Deutsche zeigen, — sie alle sind
früher oder später eine sichere Beute des anglo-sächsischen Stammes.
Mit jedem Kreislauf, den die Erde um ihre Are vollendet, schreitet
die Entfremdung vom Mutterlande, die Aufnahme anglo-amerikanischer
Sitten, Gebräuche und Sprache, kurz die Yankeestrung im weitesten
Sinne des Wortes vor. Nach Ueberwindung der ersten schwierigen An-
fänge scheinen gerade die Deutschen sich dort unter alt-germanischen
Institutionen unter einer mit moderner Civilisation in Einklang gebrach-
ten Gestalt sich heimisch zu fühlen, als ob in ihnen das Bewußtsein er-
wachte, daß gerade jene Institutionen die Schöpfungen des ureigenen
Geistes deutschen Volkslebens seien, eines deutschen Geistes, der hier
Alles abstreifen konnte, was auf den englischen Inseln die anderthalb-
tausendjährige Geschichte und die unabweislichen Einflüsse des nahen
Continentes sich Unnatürliches ihnen aufgedrungen. „Die Freiheit ge-
deiht nur in den Wäldern", sagte Jefferson, Amerika hat aufgebaut,
was Deutschland hervorgebracht." Diese innere Verwandtschaft unter
beiden Völkern ist die nothwendige Bedingung, daß die Deutschen,
außerdem ohne National-Gefühl daheim, ohne nationalen Schutz in
der Fremde, sich gern als ein Theilglied eines Volkes ansehen, das
mit ihnen demselben Stamme angehört, stolz ist im Bewußtsein der
Größe und Bedeutung seines Namens für Gegenwart und Zukunft,
das, wie die germanischen Völker vor ein ein halb Jahrtausend in
Europa, so heute durch die ganze Welt die Fundamente legt, auf
denen unzweifelhaft die zukünftige Geschichte des Menschengeschlechts
weiter gebaut wird. Wollen die Deutschen es wagen, Angesichts
solcher tausendjährigen Erfahrungen, wenn wir das Interesse unseres
alten deutschen Heimathlandes und das Deutschthum, wie es sich
hier gestaltet hat, ins Auge fassen, unter oder auch neben dem
anglo-sächsischen Volksstamme, sei es in Amerika, sei es in Australien oder einem andern Punkte der Erde, Colonisationen zu beginnen,

in denen doch das Deutschthum nicht auf eine Spanne Zeit kümmerlich erhalten werde, um später nichts desto weniger unter zu gehen,
sondern wo das Deutschthum kräftig und selbstständig bis in die
ferne Zukunft einer fortwährenden Entwickelung entgegen geführt
werden soll? Die Antwort ergiebt sich von selbst, auch wenn die
anglo-sächsische Raçe, „cotte raçe de la domination terrestre par
excellence," in Europa, wie in Amerika und Australien uns weniger an Capitalien, an den vieltausendarmigen, die Länder der ganzen Welt umfassenden Flotten, an Territorial-Besitz, an Unternehmungsgeist, an kalt erwägendem praktischen Sinn, an Ausdauer und
naturwüchsiger, alt-germanischer Kraft voraus wäre, Vorzüge, wie
sie dem deutschen Volke zum Theil gerade am wenigsten gegeben sind.
Wohin aber sollen die Deutschen sich wenden, wenn sie national-
deutsche Colonien schaffen und erhalten wollen? Auf eigenen Terri-
torien Colonien zu gründen ist uns versagt. Die Erde ist verge-
ben, und das Volk der Denker ist leer ausgegangen. Aber noch
steht uns ein weites Ländergebiet offen, wo wir, wenn auch noch
nicht die Herren desselben, doch deutsche Colonien gründen, sie als
deutsche erhalten, als solche sie stärken und als solche sie zur Selbstständigkeit führen können. Dieses Ländergebiet sind die herrlichen
Fluren von Central- und Süd-Amerika, wo deutsche Arbeit-
samkeit, deutsche Intelligenz und deutsches moralisches Uebergewicht
den Vorrang gewinnen können über die spanisch-indianischen Mischraçen, welche von der deutschen Colonisation ihrer endlosen, herrlich
gesegneten Gebiete die physische und moralische Wiedergeburt mit
Recht erwarten können. Diese Wiedergeburt zu ermöglichen sind bereits rings an dem Küstensaume in Costa Rica, Venezuela, San
Leopoldo und Donna Franciska bis nach Valdivia und Peru die
gedeihlichen Anfangspunkte einer erfolgreichen deutschen Colonisation erstanden.

Druck von Carl Jahncke in Berlin, Klosterstraße Nr. 49.